照れ降れ長屋風聞帖【十三】

福来

坂岡真

双葉文庫

目次

鳥落としの娘　5
紅猪口《べにちょく》　139
福来《ふくらい》　218

鳥落としの娘

一

文政《ぶんせい》九年（一八二六）、文月《ふづき》十八夜。
すだく虫の音《ね》を聴きながら、宿場外れの辻陰《つじかげ》に潜んでいる。
西《とり》の方角に目を細めれば、棒鼻《ぼうはな》の杙《くい》が淡い月影に沈んでいた。
「杙まで三十一間半」
目測のとおりであろう。
横風は頰を撫《な》でる程度だ。
今宵《こよい》の条件なら、獲物を射貫くことは造作もないと、雪乃《ゆきの》はおもった。
背に流れる石神井川《しやくじいがわ》は、丸三日降りつづいた雨のせいで濁流と化している。

ここは中山道板橋宿《なかせんどういたばしじゆく》の北端、安旅籠《やすはたご》が軒を並べる上宿《かみじゆく》の外れであった。

むささびの異名をもつ小者がまた、後ろから囁《ささや》きかけてくる。

「妻籠《つまご》の仁平次《にへいじ》が木賃宿《きちんやど》に忍びこんでいるなあ、十中八九まちげえねえんでさあ。ただ、どこの宿かがわからねえ。すばしこい野郎でやすからね、捕り方総出の宿改めでもやろうもんなら、野鼠《のねずみ》みてえにするっと逃げちまう」

そこで、隠密裡《おんみつり》に捕まえる手法に切りかえたものの、獲物が夜中に旅籠をそっと抜けだし、街道筋へ逃れない保証はどこにもない。

「へへ、やつは今晩じゅうに逃げだしやすよ。あっしにゃわかる。なにせ、ご同業だったもんでね。自慢じゃねえが、仁平次のやろうとしていることたあ、手に取るようにわかるんでさあ」

むささびの安《やす》は、出遭《であ》った最初《はな》から喋《しやべ》りつづけている。

団子鼻《だんごつぱな》のさきに疣《いぼ》があり、それを擦りながら喋るのだ。

雪乃は鬱陶《うつとう》しさをおぼえたが、無論、顔には出さない。

幼い時分より、感情を押し殺す術《すべ》を教えこまれてきた。

美しい横顔は何も語らず、静謐《せいひつ》な能面のようにみえる。

「ところで、おまえさまのこと、どうお呼びしたらよろしいので。へへ、旦那とは言えねえし、姐《あね》さんてのもおかしいし」

「呼ばずともよい」

「そりゃねえでしょ。でえいち、不便でしょうがねえ。それとも、あれですかい。隠密御用をなさるおひとに呼び名を聞こうってのが、どだい無理なはなしでやしょうかね」

「雪乃」

「え」

「わたしの名だ。隠しだてするほどの名でもない」

「それじゃ、雪乃さまとお呼びしてもよろしいので」

「ご随意に」

「けへ、お見掛けどおり、お美しいお名でやすね」

盗人《ぬすっと》あがりの小者は涎《よだれ》を啜《すす》りながら、親しげに喋りかけてくる。

「雪乃さま、仁平次のことはお聞きになっておられやすかい」

生国は中山道木曾《きそ》路《じ》の妻籠、名産品のお六櫛《ろくぐし》の行商に化けた盗人で、大胆にも小伝馬町《こでんまちょう》の牢を破った怪《け》しからぬ輩《やから》なのだと、差配人からは聞いている。

雪乃は、体臭の強い差配人の丸顔を浮かべた。

坂崎伝内《さかざきでんない》は、南町奉行筒井紀伊守《つついきいのかみ》に仕える内与力《うちよりき》のなかでは新顔だ。小熊のような体型をしており、管槍《くだやり》の名手らしい。前任者で常世《とこよ》へ逝《い》った石橋主水《いしばしもんど》のごとき得体の知れぬところはなく、開けっぴろげで誠実そうな印象を受けたが、腹のなかまでは知りようもない。

もちろん、探る気もない。悪事さえはたらかなければ、見掛けや性分はどうでもよかった。悪人と判明すれば、石橋のように引導を渡さねばならなくなる。それだけは御免蒙《ごめんこうむ》りたい。

「仁平次はこう言っちゃ何だが、盗人の鑑《かがみ》みてえなやつでしてね。肚《はら》も腕も一級品、一筋縄で捕まる相手じゃねえ。どっこい、その大泥棒を朱引《しゅびき》の外へ逃したとあっちゃ、お上のご威光にも関わってくる。お奉行さまの首も飛びかねえ一大事だ。おっと、今のは独り言でやんすよ。へへ、聞かなかったことにしておくんなせえ」

安はあいかわらず、喋りつづけている。

一刻（二時間）前、命じられたとおりに足を向けた問屋場《といやば》で待っていた連絡役《つなぎやく》にすぎない。おそらく、目端《めはし》の利く男なのだろう。

安にしてみれば、莫迦《ばか》にされたような気分かもしれなかった。

町奉行所の威信が懸かっているにもかかわらず、追捕《ついぶ》の討手《うって》に寄こされたのはひとりの女であった。男髷《おとこまげ》に結って男装をほどこしてはいるが、隠しようもない女の色香を放っている。よほど町奉行の信頼が厚いとみるべきか、それとも、何かの手違いと疑ったほうがよいのか。どっちにしろ、裏の御用に勤《いそ》しむ小者の常識ではまず、考えられないことだ。

「へへ、雪乃さまが弓の名手だってことはわかりやすよ。ええ、腰の据《す》わったおすがたを拝見すれば、すぐに想像はつきやすがね、朧月夜《おぼろづきよ》の薄闇で三十間余りさきの獲物を射貫くことが、はたして、できやしょうかね。しかも、殺さずに生け捕りにしなくちゃならねえときた。なにせ、仁平次はすばしこい鼠野郎だ。修羅場《しゅらば》も踏んでおりやしょう。矢をかいくぐるくれえの芸当は朝飯前にちげえねえ」

安は乾いた唇《くち》もとを舌で濡らし、鼻の疣を指で擦る。

「そもそも、やつが何をやらかしたか、ご存じですかい。恐れ多くも、市《いち》ヶ谷《や》御門外にある尾張《おわり》さまの上屋敷から三万両を盗みやがったんだ。もちろん、たったひとりで三万両の御金蔵《ごきんぞう》破りをやってのけられるはずもねえ。盗人仲間の素姓とお宝の行方《ゆくえ》、酷《ひど》い責め苦を与えてでも、そいつを吐《は》かさねえことにゃおさまりがつかねえ。そうしたやさきの牢破りだ。仁平次のやつ、御金蔵ばかりか、小伝馬町の牢まで破ってのけた。それほどの大泥棒を捕まえたら、生涯一の手柄にできる。あっしだってね、気合いを入れてきたんでさあ。失敗《しくじ》ってもらっちゃ困るんでやすよ」

もはや、雪乃は耳を閉ざしている。

小者の手柄はどうでもよいし、盗人の素姓を知ったところで益になることはない。

与えられた役目を淡々とやり遂《と》げればよいのだ。

ふと、虫の音が途絶えた。

「しっ」

雪乃は絽羽織《ろばおり》の袖《そで》を振り、安を遠ざける。

おもったとおり、人影がひとつ往来に降りたち、音もたてずに棒鼻へ近づいた。

闇を照らす朧月が、獲物の姿をくっきり浮かびたたせる。

雪乃は、ぶつっと肩袖を破りすてた。

背筋を伸ばし、辻陰から一歩抜けだす。

的に向かって真横に立ち、重籐《しげとう》の弓を構えた。
長身で痩《や》せたすがたは、丹頂鶴《たんちょうづる》にもみえる。
あまりの凜々《りり》しさに、安は息を呑んだ。
雪乃は靫《うつぼ》から妻白《つまじろ》の矢を取り、おもむろに番《つが》える。
呼吸は静かで、していないかのようだ。
胸を反らせ、ぎりっと弦《つる》を引きしぼる。
微かな気配を察したのか、獲物が足を止めた。
振りむきもせず、金縛《かなしば》りにあったように動かない。
安は辻陰から顔を出し、のどぼとけを上下させた。
獲物はじっと動かず、闇の狭間《はざま》に紛れこむ。
ほんのわずかだが、右脚を強張《こわば》らせていた。
つぎの瞬間、左手へ逃げるにちがいない。
雪乃には、すべてわかっている。
――びん。
弦を弾くと同時に、獲物は飛んだ。
軽々と一間余りも飛翔《ひしょう》してみせたが、頭上の月を摑《つか》みかけたところで「ぬぎやっ」と悲鳴をあげた。
雪乃は微動だにせず、いつのまにか、二ノ矢を番えている。
――びん。
躊躇《ためら》いもなく、弾いた。
矢は闇を裂き、地に落ちた獲物のふくらはぎを襲った。
「うえっ」
妻籠の仁平次は、大鎌《おおがま》で刈られたように尻餅《しりもち》をつく。
「や、やった」
むささびの安は目を瞠《みは》った。
獲物は左右のふくらはぎを射貫かれ、苦しげに呻《うめ》いている。
おそらく、一歩たりとも動けまい。
役目は済んだ。
後始末は、手柄が欲しい小者に任せておけばよい。
雪乃は七尺の弓をおろすや、くるりと踵《きびす》を返した。
「お待ちを、雪乃さま。旅籠は宿場一の弁天屋《べんてんや》をお取りしときやした」
嬉々として、安が叫んだ。

雪乃は返事もせず、あるかなきかの影を道連れに遠ざかっていく。

鼻先に横たわる石神井川は月を呑みこみ、滔々《とうとう》と流れていた。

以前のように、何事かを成し遂げたという充足感はない。

下命を無事に果たした喜びや安堵《あんど》もない。

なぜか、泣きたくなってきた。

泣けないことはわかっている。

怒りたくても怒ることはできず、笑いたくても笑うことはできない。

そんなふうに躾《しつ》けた父を恨みもしたが、ここ数年は何ともおもわなくなった。

かつては「鳥落とし」の異名をとった弓名人の父楢林兵庫《ならばやしひょうご》も、労咳《ろうがい》のせいで寝たり起きたりの暮らしを強《し》いられている。頑健《がんけん》だったからだは痩せ衰え、唯一の肉親である娘の憐れみに縋《すが》るしかない。弱々しい父をみるに忍びなく、こうして役目に逃れているような気もする。

やはり、隠密御用を辞する潮時《しおどき》なのだろうか。

対岸の葭叢《よしむら》から、虫の音が聞こえてくる。

雪乃は正面の闇を見据え、板橋の由来ともなった古い木橋を渡った。

九寸の短い矢が小便のような弧《こ》を描き、狙ったわけでもないのに、矢取女《やとりおんな》の尻に命中した。

二

——どどん。

日本橋橘町《にほんばしたちばなちょう》の露地裏に、太鼓《たいこ》の音色が響きわたる。

「当たありい」

間の抜けた女将《おかみ》の声を聞きながら、八尾半四郎《やおはんしろう》は雪乃のことをおもっていた。

出逢いは四年前、秋も闌《た》けたころだ。元御数寄屋坊主《おすきやぼうず》の茶室にて、搗《つ》き米屋の養女になりすました雪乃と見合いをやった。本気の見合いではなく、おたがいに元御数寄屋坊主の悪事を探るための手管《てくだ》にすぎなかった。それもあって、半四郎は狭い茶室で臭い屁《へ》をかますなどの無礼をやってのけたが、苦い茶をふるまってくれた可憐な娘に一目惚《ひとめぼ》れしたことだけは紛《まぎ》れもない事実であった。

それからほどもなく、雪乃が樒林兵庫という徒目付《かちめつけ》の娘であることを知った。外見の淑《しと》やかさからは想像すべくもなかったが、武芸百般に通暁《つうぎょう》しており、加《か》賀前田家《がまえだけ》の奥向きで薙刀《なぎなた》や弓を指南していたと聞いても、恋情はいや増しに増すばかりで飯ものどを通らぬありさまとなり、おもいきってまっすぐな気持ちを伝えてはみたが、けんもほろろに拒まれた。

「あれから四年」

あいかわらず定町廻りをつづけている半四郎は三十一歳、一方、筒井紀伊守に請われて奉行直属の隠密に転じた雪乃は二十五歳になった。

ことばで伝えられたわけではないが、いっときは恋情を通わせたこともあったようにおもう。しかし、雪乃が隠密御用にのめりこむようになってからは、ゆっくりとはなす機会もなくなった。

そうこうしているうちに、半四郎に縁談が持ちあがった。

昨春のはなしだ。相手は白井菜美《しらいなみ》という遠縁の娘。気立ての良い菜美は半四郎にぞっこんで、母の絹代《きぬよ》も気に入っている。今では八丁堀の家に三日に一度はやってきて、夕餉《ゆうげ》の仕度を手伝うまでになった。

雪乃さえいなければ、何の躊躇《ためら》いもなく、菜美といっしょになっている。

なかばあきらめ、それでもあきらめきれず、宙ぶらりんな心持ちで過ごすなか、こんどは雪乃に良縁が舞いこんだ。江戸市中で上野矢田藩《こうずけやたはん》の殿を暴漢から救った縁から、側室にならぬかというはなしが持ちこまれたのだ。

夢のような申し出とはいえ、半四郎は「籠《かご》の鳥に納まるような雪乃ではない。きっと断るにちがいない」と、たかをくくっていた。

ところが、風の噂によれば、本人はまんざらでもないという。

自分のことは棚にあげ、心が死ぬほど搔《か》き乱された。とどのつまり、本心を聞きだせずに一年が過ぎてしまった。おたがいに何も進めないまま、今日に至っている。

「うつけ者め。決めるときに決めねば、ずるずると年を食うだけじゃ」

小うるさい伯父《おじ》の半兵衛《はんべえ》が、奇《く》しくも予言したとおりになった。

「くそっ」

半四郎は二尺八寸の楊弓《ようきゅう》に矢を番え、天井めがけてぴしゅっと放つ。

先端の丸まった矢はへなへなと揺れながら飛び、綿を仕込んだ矢取女の大きな尻に命中した。

「当たありい」

放蕩《ほうとう》息子にでもなった気分だが、これでも役目の一環なのだ。

とある盗人を追っている。

夫婦《みようと》で盗みをはたらくので、その名も夫婦小僧と呼ぶ盗人だ。

この半年で露見しているだけでも十数件の盗みを繰りかえし、尻尾《しっぽ》を摑ませない。数日前に訴えのあった漆器屋《しっきや》から盗まれたのは三両、帳場には別に五十両余りの金子《きんす》があったにもかかわらず、そちらには手を付けた形跡もなかった。帳場を荒らすでもなく、盗む金子が律儀にも三両と決まっているので、三両小僧の綽名《あだな》もある。

狙われるのは因業《いんごう》な大店《おおだな》ばかりとあって、市井《しせい》の一部では人気も高い。人気があるなら放っておいてもよかったが、四角四面の吟味方《ぎんみかた》与力から「少しはやる気をみせろ」と、尻を叩かれた。半四郎としては詮方《せんかた》なく、重い腰をあげたという次第である。

「旦那、何度も申しあげますけど、およしは戻ってきませんよ」

肥えた女将は太鼓を叩くのも忘れ、面倒臭そうに溜息を吐《つ》く。

「そろそろ、堪忍《かんにん》してもらえませんかね。そうやって、八丁堀《はっちょうぼり》の旦那に居座られちゃ、商売あがったりですよ」

「どうせ、客なんぞ来やしねえんだ。堅《かて》えことは言いっこなしだぜ」

「だったら、せめて、矢を放つのを止めにしてもらえませんか。まったく、娘の尻が腫《は》れちまうよ」

「仕方ねえだろう。尻のほうが的はでけえんだ」

漆器屋の帳場には、盗人の忘れ物とおぼしきお六櫛がひとつ落ちていた。出入りの行商人が怪しいと踏み、奉公人に尋ねたところ、弥平《やへい》という三十前後の優男《やさおとこ》が浮かんだ。しかも、三月前から下女奉公をはじめた二十五の女がひとり、盗みのあった日に漆器屋から煙と消えた。

女の名は、およしという。

弥平とおよしこそが夫婦小僧にちがいないと決めてかかり、半四郎はふたりの足跡をたどった。手下の仙三《せんぞう》にも嗅ぎまわらせたところ、およしが橘町の楊弓場で矢取女をやっていたことがわかったのだ。

「ですから、それは三月もまえのはなしなんですよ」

女将はそう言い、自分の着物と下帯の隙間に綿を詰めはじめる。

もちろん、およしがひょっこり顔を出すとはおもっていない。

半四郎の狙いは別にあった。

夫婦小僧と関わりのある連絡役を捜している。

およしは盗み先の選定をすべく、楊弓場で働いていたにちがいない。

となれば、意識するとしないとにかかわらず、盗人にとって有益なはなしを提供していた者があったはずだ。そいつをみつけだし、詳しいはなしを聞けば、夫婦小僧に繫《つな》がる手懸かりをみつけることができるかもしれない。

「今はな、そのくれえしかやることがねえんだよ」

ぴしゅっと放たれたへなちょこな矢は、小便のような弧を描き、女将の棚尻に命中した。

「うふっ、当たありい」

女将が声色を変えてみせる。

「けっ、色仕掛けできやがった。ふん、やめたやめた」

楊弓を脇に抛《ほう》ったところへ、優男が入ってくる。

「八尾さま」

「おう、どこの色男かとおもえば、仙三か。どうした」

「へい。そいつがどうにも、わけがわからねえんで」

髪結いが本職の三十男は、困った顔をつくる。

半四郎は黒羽織の襟《えり》を寄せ、身を乗りだした。

「言ってみな。なあに、尻のでけえ連中に遠慮するこたあねえ」

「それじゃ申しあげやすがね、牢破りをやらかした大泥棒のはなしはお聞きになりやしたかい」

「ああ、聞いた。妻籠の何たらっていう野郎だろう」

「仁平次でやす。そいつが何と、駒込《こまごめ》の追分《おいわけ》で射殺《いころ》されやした」

「射殺された。矢でか」

「ええ。五十間ものさきから、妻白の矢一本で心ノ臓を射貫かれちまったとか」

「ふうん。そいつはいつのはなしだ」

「昨日の夕刻、日没手前の逢魔刻《おうまがどき》でやす」

「その野郎はたしか、板橋宿で捕まったんだったな」

「さようで。捕まったのは一昨日の晩のこってす」

問屋場の仮牢に昨日の正午過ぎまで留め置かれ、唐丸籠《とうまるかご》に乗せて街道沿いに運ばれてくる途中だった。牢破りをやらかした罪人を護送の途中で死なせたとあっては、それこそ、お上の面目は丸潰れである。

「外にゃ出せねえはなしでやすが、こうして、あっしも喋っている」

「噂ってのは、そうやって広まっていくものさ。で、射殺された盗人と夫婦小僧に、どういった関わりがあるんだ」

「そこなんで」

仙三は、ぐっと顔を寄せる。

牢破りをやらかした盗人の素姓は極秘扱いとされ、役人のあいだでも知る者はかぎられていた。

だが、鼻の利く仙三は方々に探りを入れ、とあることを知った。

「妻籠の仁平次って野郎は、石川五右衛門《いしかわごえもん》に勝るとも劣らねえ天下御免の大泥棒だってはなしだが、ふだんはお六櫛の行商をやっておりやした。お六櫛といやあ、夫婦小僧の落とし物でやしょう」

「そうだな」

「どうも、そいつが引っかかりやしてね、ちょいと牢役人に探りを入れてみたんです。そうしたら、仁平次の人相書が秘かに配られておりやしてね、その顔が何と、漆器屋に出入りしていた行商の弥平とうりふたつ」

「待たねえか。妙なはなしじゃねえか」

「仰《おっしゃ》るとおり、あっしはこの目で弥平の顔をみたわけじゃござんせん。でもね、旦那、漆器屋の奉公人たちから飽きるほど、弥平の人相風体《ふうてい》は聞いておりやした」

「たしかにな」

半四郎も直にみたわけではないが、弥平の顔をそらで描ける。

弥平の顔が手配書に描かれた人相書と重なっても、何ら不思議ではない。

「右頰の痣《あざ》も、ちゃんと描いてありやしてね」

「ほう」

「おもいこみってやつかもしれねえが、ともかく、八尾さまにだけはおはなししておこうと」

「おめえの勘はよく当たる。少なくとも、おれの放ったへぼ矢よりゃあな。でもよ、右頰に痣のあるお六櫛の行商ってことだけで、天下御免の大泥棒とこそ泥をいっしょにすることはできねえぞ」

「そう仰るとおもいやしてね、屍骸《むくろ》の取捨場を聞いておきやした」

「ほとけの顔を拝めるってのか」

「そいつは五分五分で。八尾さまさえよろしけりゃ、今からご案内いたしやすが」

「気はすすまねえが、行ってみるか。そのめえに、ひとつ聞いておきてえことがある」

「何でやしょう」

「牢破りの重罪人を矢で射殺した野郎ってのは、いってえ、どこのどいつなんだ」

「そいつがわかりゃ世話はありやせんがね、隠密じゃねえかって勘ぐる旦那方もおられやす」

「隠密」

「へい。逃げるやつは何度も逃げる。もう一度逃がしちまったら、御奉行さまの首が危ねえってんで隠密裡に葬《ほうむ》った。そんな噂が牢役人あたりの口の端にのぼっているとかいねえとか」

「ふうん」

半四郎は胸騒ぎをおぼえたが、なぜそう感じてしまうのか、おもいあたらなかった。

我に返ってみると、矢場の女たちが不安げな眸子《まなこ》でみつめている。

「おいおい、しみったれた顔をするのはよせ。女将、当たり矢はしめて何本だい」

「的に当たった矢は、一本もありませんよ」

「なあんだ。当たった矢の数だけ、遊び賃を払おうとおもったのにな、へへ」

「それなら、はなしはちがいますよ。娘の尻に何本も当たっていますからね」

「よし、当たり矢一本につき、一文払ってやろうじゃねえか」

戯《ざ》れた調子で水を向けると、女将は疳高《かんだか》い声で言いはなつ。

「八千本。旦那、それが当たり矢の数ですよ」

役立たずの一文銭でも八千枚集まれば、金二両になる。

「てやんでえ、不浄役人から小判を巻きあげようってのか」

「払えないってなら、早々に消えちまってくださいな」

「ふん、口の減らねえ女狐《めぎつね》め。わかったよ、出てってやらあ」

箒《ほうき》で掃きだされるように外へ出た途端、女将が凄まじい剣幕で吼《ほ》えたてる。

「おまえたち、塩でも撒いときな」

半四郎は苦笑しながら、痺《しび》れた足を引きずった。

三

何もかも宙ぶらりんだと、雪乃はおもう。

一年余りまえ、暴漢から救ってやった大名に見初《みそ》められ、側室にしたいとのはなしが持ちこまれた。何度も断ったが、忘れたころに大名家の使者が訪ねてきては同じはなしを蒸し返す。いちどは根負けして、父を楽にするために大名家へ輿《こし》入《い》れする気になったが、きちんと返事をしたわけではなく、今もどちらにしようか揺れている。

原因のひとつは、半四郎にちがいなかった。

生まれてこの方、あれほどまっすぐに恋情を告げてくれた相手はいない。

最初は面食らったが、次第に好感を抱くようになった。

屈託のない性分をいとおしく感じ、好きだと告白されれば嬉《うれ》しかったが、役目に託《かこつ》けて所帯を持つことを拒みつづけた。

口で伝えなくても、本心をわかってほしかった。

強引に奪ってほしい気もしたが、淡い期待は打ち砕かれ、半四郎が遠縁の娘といっしょになる決意を固めたらしいとの噂を聞いた。

罰《ばち》が当たったのだ。

半四郎の真心に応えようとしなかった。

そのことの報いを受けているのだとおもう。

いっときは、奉行直属の隠密御用に生き甲斐《がい》を抱いていたこともあった。

が、近頃は行きづまりを感じている。

昨秋、前任者の差配人を斬ったことが尾を引いているのだろう。やる気が失せたことにくわえて、父の病状は快復の兆《きざ》しもない。近頃は悪夢に魘《うな》され、夜通し何事かを喚《わめ》きつづけるようになった。亡者の繰《く》り言《ごと》のような呻きや叫びを聞かされ、朝まで耳を塞《ふさ》ぎつづけることもしばしばだ。

ともあれ、進むべき道を失っている。

いつも苛々している自分が、雪乃は嫌でたまらなかった。

鬱々《うつうつ》とした気分で八丁堀の家に戻ると、珍しいことに来客があった。

奥の部屋から、胸を病んだ父の空咳《からせき》が聞こえてくる。

敷居の手前で踵を返しかけたところで、こちらの気配を察してか、父の嗄《しわが》れた声が聞こえてきた。

「雪乃、戻ったのか」

「は、はい」

「お城より、御使者がみえられた。こっちに来て、ご挨拶《あいさつ》申しあげろ」

「はい。ただいま」

上がり端に背を向け、雪駄《せった》を脱ぎかけたところへ、こんどは別の低い声が聞こえてくる。

「いや、それにはおよばぬ。長居いたした」

雪駄を脱がずに畏《かしこ》まると、裃《かみしも》を纏《まと》った大柄の侍が廊下にすがたをみせた。

顎《あご》の角張った四十半ばの男だ。おそらく、目付の配下であろう。

「雪乃どのか」

「はい」

「拙者は菱谷《ひしたに》五郎太《ごろうた》、幕府筆頭目付春日井外記《かすがいげき》さまの配下じゃ」

「ようこそ、おいでくださりました」

「よいはなしを持ってきたつもりが、ふふ、裏目に出たようでな」

背後から、父の兵庫が窶《やつ》れた顔を差しだす。

「菱谷さまは、このわしに弓を持てと仰るのだ。ふっ、ご覧のとおりのからだゆえ、お断り申しあげるしかない」

幕府の公式な行事ではないが、八朔《はっさく》祝賀の催しに、深川《ふかがわ》の三十三間堂《さんじゅうさんげんどう》で通し矢がおこなわれるという。

「ただの通し矢ではないぞ」

と、武張《ぶば》った菱谷が引きとった。

「矢競べじゃ。一昼夜で一万本を超える矢を放ち、的に当たった矢の数で勝敗を決する。すでに、対戦相手は決まっておってな。弓を修めた者なら、その名を知らぬ者はあるまい。尾張家中の蟹江惣兵衛《かにえそうべえ》よ」

雪乃も知らぬはずがなかった。海内一《かいだいいち》の弓取りとして、蟹江惣兵衛の名は全国津々浦々《つつうらうら》まで轟《とどろ》いている。

「存じておるとおもうが、蟹江は三年前、京の蓮華王院《れんげおういん》三十三間堂にて八千二百本の通し矢をやってのけた」

破格の記録を超える者は未《いま》だにあらわれず、蟹江は尾張藩の名声を大いに高めているとも聞く。

「尾張者の国自慢は、金の鯱《しやちほこ》と蟹江惣兵衛などとも言われておる」

調子に乗った尾張藩の重臣が、公方《くぼう》のお膝元で通し矢競べを催してはどうかと申し込んできた。

「八朔に因《ちな》んで、蟹江は八千八百本の通し矢をめざすというのじゃ。幕閣の御歴々《れきれき》は正気の沙汰《さた》ではないと取りあわず、はなしは立ち消えになったやにおもわれた。ところが後日、一橋《ひとつばし》さまのほうから、この一件が上様のお耳にもたらされた」

尾張藩第十代藩主の斉朝《なりとも》は、将軍家斉《いえなり》の実父である一橋治済《はるさだ》の孫に当たる。徳《とく》川義直《がわよしなお》以来連綿とつづいた血統が前藩主の代で絶えたこともあり、一橋家から御三家筆頭の尾張徳川家へ養子縁組みされた人物であった。

齢《よわい》三十四、二十七年の長きにわたって藩主の座にあるものの、藩政の実権は草創期から付家老《つけがろう》の職にある成瀬家《なるせけ》が握っている。斉朝本人の力量は凡庸《ぼんよう》との評もあるが、家斉の娘淑姫《ひでひめ》を正室に迎えたこともあって、徳川宗家との繋がりは濃い。

いずれにしろ、橋渡し役の一橋家から「通し矢競べ」の一件がもたらされる下地はあった。

「上様はこの一件をお耳にするや、尾張の挑戦を受けてたたずに済まされようかとお怒りになった。さっそく、若年寄《わかどしより》の増山河内守《ますやまかわちのかみ》さまから、わが殿にご指示があったというわけじゃ」

徳川宗家の威信に懸けても勝たねばならぬゆえ、蟹江惣兵衛に匹敵《ひってき》する弓取りを早急に探しだせとの命であった。ところが、弓組に列する徒士《かち》を隈無《くまな》く当たっても、これといった弓上手《ゆみじょうず》がいない。

「仕舞いには誰もが口を揃《そろ》えて、鳥落としの異名を持つ樒林兵庫どのの名をあげたというわけさ」

　雪乃は口を尖《とが》らせた。

「それは、ひとむかしまえのおはなしでございます。父は胸を患《わずら》っておりまする。もはや、弦を引きしぼることすらできますまい」

「ゆえに、困っておるのじゃ。聞くところによれば、雪乃どのも小笠原流《おがさわらりゅう》の弓術を修められたとか。しかも、加賀前田家の別式女《べっしきめ》をつとめられたとも聞いたが、それはまことか」

「はい」

「父上の血を引いておるのなら、天賦《てんぷ》の才にも恵まれておろう。しかも、おなご。そこがよい」

「何がよいのでございます」

「たった今、そなたを目にして奇策が閃《ひらめ》いた。おぬし、父に替わって、矢競べに出てみぬか」

「え」

「さすがの蟹江惣兵衛も、おなごが相手とはおもうまい。知った途端、負けてなるものかと、肩に余計な力がはいるやもしれぬ。よもや、おなごに負けようものなら、天下の笑い物になろうからな、ぬふふ」

　雪乃は、眸子をきっと怒らせた。

「よもや、と申されますと、わたくしに勝つ見込みはないと仰せですか」

「そうは申しておらぬ。無論、勝ってもらわねば困る。されど、万が一勝てずとも、甲乙つけがたき勝負をしてみせたならば、上様のご溜飲《りゅういん》も下がるやもしれぬ。わしに言わせれば、たかが座興じゃ。座興には、綺麗な花を添えたほうがよい」

　逆《さか》しまにぎろりと睨《にら》まれ、雪乃はたじろいだ。

　通し矢競べに出る気は毛ほどもないが、女ゆえに一段低くみられることは口惜しい。

　いっそ、蟹江惣兵衛と互角に渡りあい、世間の鼻をあかしてやりたい気もしてくる。

「この一件は上にはかってみよう。わしの一存では決められぬ。今しばらく待っておるがよい。追って沙汰をいたす」

　有無を言わせぬ勢いで発し、菱谷は飄然《ひょうぜん》と去った。

「沙汰待ちか。何やら、罪人にでもなった気分よな」

いつになく、父の兵庫は上機嫌だ。来し方の栄光とはいえ、自分の名が徒士の口の端にのぼったことに喜びと誇りを感じているのだろう。

わからぬではないが、雪乃は父のことが憐れでならなかった。

四

駒込周辺には植木屋が多く、肥えた土壌には色とりどりの花木が植わっている。

夕菅《ゆうすげ》が螢火《ほたるび》のように点々と咲く野面《のづら》を、半四郎は陰鬱《いんうつ》な心持ちで進んだ。

六尺豊かな偉丈夫《いじょうふ》だが、猫背気味に歩むすがたは淋しげだ。

――きゅる、きゅるるる。

どこからともなく、猛禽《もうきん》の鳴き声が聞こえてくる。

「仙三、そういやあ、このあたりに鷹匠屋敷《たかじょうやしき》があったな」

「動坂《どうざか》の手前でやすよ。餌《えさ》がなくなると、鷹どもに屍骸《しがい》の小腸《ひやくひろ》を食わせるって噂もありやす」

「嘘でも嫌なはなしだぜ」

「まったくで」

駒込富士の裏手にあたる動坂の下に、行倒れや罪人を取り捨てにする火除地《ひよけち》があるのは知っていた。

半四郎と仙三は細長い影を曳きながら、動坂をくだっていった。

雑草の禿《は》げた火除地の一画には、むらむらと瘴気《しょうき》が立ちのぼっている。

死臭を嗅ぎつけて集まった山狗《やまいぬ》どものなかには、食いちぎった人の腕を咥《くわ》えている一匹もいた。みな、尋常な目付きではない。

「あのなかに屍骸があるとすりゃ、探すのは骨だぜ」

「勘弁ですよ。八尾さま、ほら、あそこに小屋が」

「おう、あるな」

「運がよけりゃ、ほとけはまだ小屋に寝かされておりやしょう」

「そいつを祈るしかなさそうだな」

死んだばかりの屍骸を捨てると腐臭がひどいので、運ばれてきた屍骸は小屋のなかで順番に血抜きをされる。臓物《ぞうもつ》なども処理したのち、土の下に浅く埋めるのだ。埋めるところがなくなれば、古いものから順に深く埋めていくらしい。

屍骸とともに、死者の怨念《おんねん》が何層にも堆積《たいせき》している。

何百何千という怨念が、瘴気となって立ちこめているのだ。

どうして、そこまで死者をいたぶる必要があるのか、半四郎には理解できない。

ふたりは朽《く》ちかけた小屋のまえに立ち、息を詰めて扉を開いた。

「うっ」

凄まじい異臭に鼻をつかれ、半四郎は顔をしかめる。

黒羽織の袖で、鼻と口を押さえた。

かぼそい光に照らされた囲炉裏《いろり》脇から、野良着姿の男がひとり、充血した眸子を向けてくる。

「御用の筋だ」

仙三が告げるや、男は俯《うつむ》き、こちらと目を合わせぬように裏口から消えていった。

半四郎は煤《すす》けた柱に掛かった手燭《てしょく》を外し、隅々まで照らしだす。

さほど、広い部屋ではない。

壁面には、刃に血の付いた大鉈《おおなた》や鋸《のこぎり》が何本もぶらさがっている。

土間にはへっついが設《しつら》えられ、大釜《おおがま》からは湯気があがっていた。

囲炉裏の左右には、莚《むしろ》に覆《おお》われた二体の屍骸が寝かされている。

「ったく、ひでえ臭いだぜ。やめときゃよかった」

仙三は文句を垂れつつも、草履《ぞうり》のまま床にあがり、右側の莚をめくった。

「うっ、婆さんだ。こいつはちがう」

半四郎は左側の莚をめくり、手燭を顔に近づける。

光に浮かびあがったのは、萎《しな》びた灰色の顔だった。

「仙三、みろ」

「へい」

仙三は屈み、鼻を摘《つま》んで顔を寄せる。

「どうだ」

「へい、右の頰に波銭《なみせん》大の痣がありやすね」

「たしかに、あるな。こいつはたぶん、弥平だ。おめえの言ったとおり、夫婦小僧のかたわれだぜ」

「旦那も、そうおもわれやすかい」

仙三は立ちあがり、胸を張ってみせる。

半四郎は、屍骸をざっと調べはじめた。

運の良いことに、まだ血抜きはされておらず、矢で射られた傷も見定めることができた。

「左胸に穴が開いてやがる」

紛れもなく、矢傷だった。背中まで貫通しているところから推《お》せば、苦しむ暇もなかったにちがいない。

「唐丸籠で運ばれている途中、糞《くそ》でもしたくなったんでしょうかね」

同道の役人に頼みこんで縄を解いてもらい、追分の野面で屈もうとした瞬間、心ノ臓を射貫かれた。

「まあ、そんなとこだな」

「どうして、矢で射殺されなきゃならねえんでしょう」

「知るか」

仙三は溜息を吐き、屍骸を丹念に調べていく。

「ほかに傷はなさそうでやすね」

「ああ。頭と首、腕と背中にも傷はねえ。おっと待てよ」

半四郎は袖を捲《めく》り、屍骸の足首を摑みあげる。

「ほら、ふくらはぎに矢傷がある」

「あ、ほんとうだ。しかも、左右両方に」

「ぴったり、同じ位置だぜ」

「矢は三本放たれたってことですかい」

「そうなるな」

「妙だな。仕留める気なら、心ノ臓だけでよかったんじゃありやせんか」

ふくらはぎの二本は、逃走を阻《はば》むために射られたとしか考えられない。

仙三の言うとおり、殺す気ならば、ふくらはぎを射る必要はないし、かりに射貫いたにしても、蹲《うずくま》るか転ぶかした的の左胸に向かって、三本目の矢を当てることは至難の業だ。

たとえば複数の射手がいて、同時に矢を放ったともおもえない。

「するってえと、どうなりやす」

「ふくらはぎのほうは、別の日に射られたにちげえねえ」

ふくらはぎの二本は生け捕りにするため。心ノ臓を射貫いた一本は命を絶つため。目的がちがう。つまり、弥平は板橋宿で捕まったとき、ふくらはぎを射られたにちがいないと、半四郎は推察した。

「なるほど。最初は生け捕りにするつもりが、別の日になって下手人《げしゅにん》の気が変わったってことでやしょうか」

あるいは、異なった命を帯びた別の射手がいたとも考えられる。

「そっちだな。弓使いはふたりいた」

「殺しを請けおった野郎が追分で待ち伏せしていたとすりゃ、弥平が駕籠《かご》から降ろされたってのが引っかかりやすね。偶然とはおもえやせん」

「おめえが小耳に挟んだ噂どおり、弥平が隠密に葬られたとすりゃ、筋も通らねえことはねえ」

「運ぶ役目の連中も、ぐるだったってことですかい」

「もっと言えば、お奉行の差し金だったってことになろうが、そいつはどうも信じられねえ。いくら罪人とはいえ、こいつはあんまりな仕打ちだ。汚ねえ手口がお嫌いな筒井紀伊守さまが、手下《てか》にそんなことをさせるとはおもえねえ」

「どこのどいつが絵を描いたんでやしょうね」

「さあな。そいつをとっくり、調べてみようじゃねえか」

「合点《がってん》で」

仙三は発したそばから、別の問いを投げかけてくる。

「はなしは戻りやすがね、このほとけが大泥棒なんかじゃなしに、三両しか盗まねえこそ泥だったとすりゃ、はなしはなおさら、こんぐらがってきやすぜ」

「そうだな」

弥平が、大胆にも牢破りをするとはおもえなかった。

となれば、牢破りそのものを疑ってかかる必要がある。

「とりあえず、牢役人にでも当たってみやすか」

「いいところに気づいたな。頼むぜ、仙三。だがよ、こっからさきは、ちょいと慎重に構えたほうがいい」

「承知しやした」

「ところで、妻籠の仁平次って野郎は、いったい、何をやらかして捕まったんだ」

「聞くところによりゃ、尾張さまの上屋敷から三万両を盗んだとか」

「ふへえ、三両どころのはなしじゃねえな。そいつはとうてい、夫婦小僧のできる芸当じゃねえ」

「ほとけが弥平なら、何かの手違いで捕まり、大泥棒に仕立てあげられたってことになりやすね」

「そうだな」

盗人とはいえ、何やら、可哀相《かわいそう》な気もする。

「南無《なむ》……」

半四郎は経を唱え、すっと立ちあがった。

――うおおん。

小屋のそばから、山狗の遠吠えが聞こえてくる。

「八尾さま、長居は無用でやんすよ」

「ああ、帰《け》えろう」

小屋から出ると、外はとっぷり暮れていた。

闇の底には、赤い目がいくつも光っている。

半四郎はぶるっと肩を震わせ、死臭の漂う掘《ほ》っ立《た》て小屋から足早に遠ざかった。

五

翌日、雪乃の耳に気になる噂が舞いこんできた。

板橋宿から唐丸籠で護送されたはずの罪人が、小伝馬町の牢屋敷に着くまえに死んでしまったというのだ。

ふくらはぎの矢傷が原因だとすれば、自分が引導を渡したことになる。

事の真相を確かめるべく、雪乃は差配人の坂崎伝内に面会を求めた。稀《まれ》にもないことなので、坂崎は面会を拒まず、使いを通じて数寄屋橋の南町奉行所へ来るようにとの指図があった。

命じられたとおり、八つ刻（午後二時）に出仕《しゅっし》し、奉行所の北詰にある控部屋で待ちつづけた。

坂崎はなかなか忙しい様子で、半刻（一時間）経っても顔をみせない。

じっと待っているあいだにも、さまざまなおもいが脳裏を駆けめぐった。

雪乃は女に生まれたのに、物心ついたときから刀や弓を持たされた。同い年の娘たちが赤い着物を纏って羽子板《はごいた》をついているときも、自分だけは稽古着で木刀を握り、寒稽古に励んでいた。いつまで経っても、友と呼べる相手はできなかった。男勝りの性分は同年配の娘たちに疎《うと》んじられ、やがて、自分から心を閉ざすようになった。

大人になり、唯一、まっすぐな恋情をぶつけてくれたのが、半四郎であった。嬉しいというよりも戸惑いのほうがさきに立ち、本心を胸の裡《うち》に隠さなければ、半四郎とはなしもできなかった。

憐れで惨《みじ》めな自分が、情けなくなってくる。

座って待つことが、苦痛に感じられてならなかった。

床柱に掛かった一輪挿《いちりんざ》しには、何の花も活《い》けられていない。

雪乃はすっと立ちあがり、路傍《ろぼう》で摘んだ桔梗《ききよう》の花を挿した。

部屋全体がぱっと明るくなり、気分もいくらかは晴れた。

そこへ、跫音《あしおと》が近づいてきた。

黒渋塗《くろしぶぬり》の長屋門《ながやもん》が西日を浴びて燃えあがったころである。ようやく、坂崎が満面の笑みであらわれた。一輪挿しの桔梗には目もくれず、上座に腰をおろすなり早口で喋りだす。

「待たせて済まぬ。内与力は雑事が多くて困りものよ。おぬしに愚痴《ぐち》を言うてもはじまらぬが、御用部屋に戻れば帳面の山また山じゃ。詮方あるまい。ところで、御用向きの件と聞いたが、いかがした」

「はい。板橋で捕らえた罪人の件にございます」

「おう、それか」

「妻籠の仁平次が死んだと聞きました。それは、まことですか」

「おぬしの詮索《せんさく》することではないが、知りたければ教えてつかわそう。仁平次は駒込の追分にて命を絶たれた」

「え、殺されたのですか」

「ふむ。同道した同心によれば、仁平次は『糞がしたい』と言いだしたらしい。仕方ないので唐丸籠から出し、縄目の一部を解いてやったのだという。ところが、野面に屈もうとした途端、おもいもよらぬ方角から矢が飛んできた」

「矢が」

雪乃は、ぎゅっと拳《こぶし》を握った。

「さよう。妻白の矢が、仁平次の左胸を射貫いたのさ」

坂崎は真顔で言い、雪乃をじっとみつめる。

ふくらはぎを射貫いた矢が死因でないことに安堵《あんど》しつつも、自分に新たな疑惑の目が向けられているのを察した。

「もしや、わたくしを疑っておられるのですか」

「そうではない。わしは罪人を生け捕りにせよと命じた。おぬしが命に服さず、勝手なまねをしたともおもえぬ。だいいち、おぬしが仁平次を殺す意味がない。ま、差配人を斬るほどのおなごゆえ、何があってもおかしくはないがな」

かちんときた。

「それは皮肉ですか。前任者の石橋主水は悪辣《あくらつ》な旗本と手を組み、お奉行を裏切る悪事をはたらいたのです」

「ゆえに、配下のおぬしが成敗《せいばい》した。お奉行はおぬしを褒《ほ》め、褒美《ほうび》を賜《たまわ》られたそうだな。ふん、わかっておるわ。熱くなるな」

坂崎は肩をすくめ、人懐《ひとなつ》こそうに微笑《ほほえ》む。

笑顔に騙《だま》されるものかと歯を食いしばり、雪乃はぐっと睨みつけた。

「待て待て、そんな目でみるでない。ただな、仁平次を殺《や》った下手人は、五十間も離れた辻陰から、寸分の狂いもなく心ノ臓を射貫いたと聞いた。それだけの芸当をやってのける弓上手は、おのずとかぎられてくる」

仁平次が射貫かれた地点から四方を見渡しても、人が隠れることのできそうなところはほかになかった。なお、唐丸籠に随行していたのは、同心ひとりと小者三名で、小者のなかには、団子鼻に疣のあるむささびの安もふくまれていたという。

安に聞けば、詳しい状況はわかるだろう。

「坂崎さま、下手人の目星は」

「ついておらぬわ」

「お捜しになるのですか」

「さあて。少なくとも、今日の時点では誰も動いておらぬ。ま、殺られたのが罪人ということもあろうし、こたびの一件は表沙汰にもできぬからのう」

闇から闇へ葬られるのだ。

「この件は忘れよ」

「え」

「わかっているとはおもうが、おぬしはこの件を詮索する立場にない」

坂崎は念を押し、部屋からそそくさと出ていった。

雪乃も遅れて部屋を離れ、悄然《しょうぜん》とした面持ちで奉行所をあとにする。

厳《いか》めしい長屋門が背に覆いかぶさってくるようで、おもわず、早足になった。

途中、何者かに跟《つ》けられているような気もしたが、振りむいてみたものの怪しい人影はなく、夕暮れの雑踏があるだけだ。

いったい何者が、どんな理由で罪人を射殺したのだろうか。

詮索するなと言われれば、なおさら、放っておけなくなる。

雪乃は、死んだ仁平次の素姓を洗いなおしてみようとおもった。

六

取捨場で対面した屍骸が弥平なら、妻籠の仁平次という盗人はこの世にいないことになる。女房のおよしさえ捜しだすことができれば、そのあたりの事情がわかるかもしれない。半四郎は、そうおもった。

だが、およしの行方は杳《よう》として知れず、生死すらも判然としない。

八丁堀から戻ると、夕河岸から帰った嬶《かか》あたちに道々で挨拶をされた。

家からは炊煙《すいえん》が立ちのぼり、美味《うま》そうな味噌汁《みそしる》の匂いが漂ってくる。

おれが求めているのは、これかもしれない。

ふと、そんなことを感じた。

玄関の戸を開けると、菜美がまっさきに顔を出した。

「お戻りなされませ」

歳は七つちがいの二十四。病気で亡くした母親は、半四郎の亡くなった父の腹違いの妹だった。今は隠居した父親とふたりで暮らしている。二十歳でいちど勘定役人の家に嫁いだが、不運にもたった一年で夫を亡くし、番町《ばんちょう》の実家へ出戻っていた。

花に喩《たと》えるなら、雪乃は滴《したた》るような純白の夏椿《なつつばき》で、菜美はほんわかした蒲公英《たんぽぽ》のような女性だ。

見掛けの印象も、性分もちがう。

嫁にするなら、十人に九人までが、菜美を薦《すす》めるだろう。

半四郎にも、わかっている。

わかってはいるものの、踏んぎることができない。

さぞ、焦《じ》れったかろうな。

申し訳ないと、顔をみればいつもおもう。

菜美は嫁ぐ日を夢見ながら、それだけを信じて、甲斐甲斐しく家に通ってくれているのだ。

そろそろ、決めねばなるまい。

母のこともある。

父を失ってから、母の絹代は長いあいだ、孤独を託《かこ》ってきた。

勝ち気な性分だが、夜中にひとり、隠れて泣いているのも知っている。

そんな母を安心させるためにも、一刻も早く所帯を持ち、子をなさねばならない。

半四郎は仏頂面《ぶっちょうづら》で大小を鞘《さや》ごと抜き、嬉しそうに袖を差しだす菜美に預けた。

「お客様がおみえですよ」

「ほう、どなたかな」

「下谷《したや》の半兵衛伯父さまです」

おもわず、げっという顔をする。

どうやら、夕刻からお待ちかねらしい。

半四郎は踵を返したい衝動に駆られつつも、奥の居間へ足を向けた。

「お、帰ってきたな」

半兵衛はできあがっており、赤ら顔で豪快に笑いあげる。

「がはは、この木偶《でく》の坊《ぼう》め」

義理の妹にあたる絹代は、淡々と酌《しゃく》をしていた。

反目しているわけではないが、ふたりは以前から馬が合わない。

半四郎は内心で溜息を吐きながら、顔だけはにこやかに挨拶を交わした。

「ご無沙汰しております。伯父上におかれましては、お元気そうでなにより」

「入れ歯が浮くような挨拶はやめにせい。ほれ、こっちに座って呑まぬか」

「は」

半四郎は縞《しま》の着物を着替えもせず、陽気な隠居の隣に座った。

灘《なだ》の諸白《もろはく》を杯になみなみと注がれ、かぽんと一気に呷《あお》る。

「ぎょほほ、呑みっぷりだけはよいな。わしが何故《なにゆえ》訪ねてきたか、わかるか」

「いいえ」

「別に用事はない。おぬしの忠勤ぶりを確かめにまいったまでよ」

余計なお世話だ。

半四郎は生返事をし、注がれた酒をまた、かぽんとやる。

絹代は席を立ち、菜美と入れ替わり立ち替わりに、茄子《なす》の鴫《しぎ》焼《や》きだの奴《やっこ》だのを運んでくる。

半兵衛はよく喋り、入れ歯を鳴らして笑いつづけた。

はなしの中味は何度も聞かされた自慢話ばかりで、右の耳から左の耳にすうっと抜けていく。

一刻ほど呑み交わしたあと、半兵衛は素知らぬ顔で雪乃のはなしをしはじめた。

絹代と菜美は遠慮し、勝手場でじっと息をひそめている。

迷惑な爺《じじい》めと胸の裡で悪態を吐きながらも、半四郎は耳をかたむけた。

「八朔の催しでな、通し矢の矢競べがおこなわれるそうじゃ」

「矢競べ」

「深川の三十三間堂でやるのよ。聞いておらぬのか」

「はあ、いっこうに」

「あいかわらず、間抜けよのう。それでよく、廻り方がつとまるな。そもそも、十手持《じっても》ちというものは十の耳を持たねばならぬ」

はなしは横道に逸《そ》れ、ひとくさり説教を聞かされる。

半四郎はたまらず、はなしの先を促した。

「伯父上、三十三間堂の矢競べがどうしたのですか」

「おう、それじゃ。じつはな、その矢競べに、雪乃が出るらしい」

「え」

「ほうら、食いついてきおった。雪乃はな、徳川宗家の命運を瘦身に背負い、重籐の弓を取るのよ」

「徳川宗家の命運。それほど、大袈裟《おおげさ》なはなしなのですか」

「あたりまえのこんこんちきじゃ。矢競べというかぎり、競《きそ》う相手がいる。名を聞いて驚くなよ。蟹江惣兵衛じゃ。海内一の弓取りとの誉《ほま》れも高い尾張の侍よ」

蟹江惣兵衛の名なら、半四郎でも知っている。

「三年前、蟹江は京洛《きょうらく》の三十三間堂で八千二百本の通し矢をやってのけた。このたび、江戸では八千八百本に挑むそうじゃ」

「は、八千八百本」

「おぬしの茄子頭では想像もできまい。わしもじゃ。雪乃に聞いてみたいものよな。八千八百本とは、どのようなものか」

「雪乃どのは、受けられたのですか」

「受けるも何も、上様直々《じきじき》のご下命じゃ。拒むことなどできぬ。わしはな、ふふ、可笑《おか》しゅうてならぬのだわ。弓組にあれだけの徒士がおるというに、蟹江に勝てそうな男児はひとりもおらぬ。とどのつまり、雪乃に白羽の矢が当たったというわけさ」

一世一代の晴れ舞台というべきだろう。が、雪乃にとっては迷惑なはなしかもしれない。

半兵衛は、白い口髭《くちひげ》を動かした。

「雪乃なら勝てる」

「そうでしょうか」

口を滑らせた途端、こっぴどく叱られた。

「おまえまで疑ってどうする」

「無論、勝ってほしいのは山々ですが、こればかりは何とも」

「おなごゆえ、たぶん勝てぬじゃろうと、みなが噂しておる。雪乃を選んだ当の重臣どもまで、そうおもっておるらしい。ひどいはなしではないか」

「勝てぬと予想しながら、なにゆえ、雪乃どのを選んだのでしょう」

「おなごゆえさ」

「え」

「おなごならば、勝っても負けても、おもしろい趣向になる。負けてもそれなりの勝負ができれば、選んだ連中の体面も立とうというもの」

「何と姑息《こそく》な」

「雪乃は賢い。おおかた、事情を察しておろう」

半兵衛の言うとおりだと、半四郎はおもった。

「さぞ、口惜しかろうな。勝ち気な性分から推して、意地でも蟹江に勝とうとするであろう。そして、見事に勝ってくれる。せめて、わしひとりでも信じてやらねばなるまいが。おぬしは、どうする」

「信じます」

「心の底からか」

「はい」

「ならば、雪乃が負けたときはどうする」

「どうするとは」

半兵衛は酔いから醒めたような顔で、きっぱりと言いきった。

「頭を丸めよ」

「な」

「その程度の覚悟がなければ、真心は通じぬぞ。誰かが雪乃を支えてやらねばならぬ。残念ながら、病床にある父御《ててご》はその役目を果たせぬでな。ざっと見渡したところ、情けないはなしじゃが、おぬしくらいしかおらぬ。ただし、これは嫁取りのはなしではないぞ。誤解いたすな。嫁取りには、まったく関わりない。そこだけはきちんと言っておかねば、母御に怒られてしまうわ。ぶははは」

気紛れな伯父は立ちあがり、ふらつきながら歩きはじめる。

「ちと呑みすぎたわ。帰る」

「泊まっていかれたら、いかがです」

「心にもないことを抜かすな。おつやが待っておるでな、どれだけ遅くなろうが、家に帰らねばならぬ」

半四郎は、目が糸のように細いおつやの顔を浮かべた。

五年前、半兵衛が日光詣《にっこうもう》でに行った際、千住宿《せんじゅしゅく》の旅籠で見初めた宿場女郎である。歳は三十なかば、気立てのよい働き者で、半兵衛は一目で気に入った。頼み込んで家に迎え、仲睦《なかむつ》まじく暮らしている。

鉢植え名人の半兵衛は、おつやという可憐な花を見事に咲かせてみせた。

羨《うらや》ましいなと、半四郎はおもう。

誰に遠慮するでもなく、おもいのままに生きてみたい。

半兵衛が玄関まで歩を進めても、絹代はすがたをみせず、代わりに菜美が見送りにあらわれた。

「伯父さま、またお越しくだされませ」

そう言って微笑む顔は、どことなく物悲しげだ。

さすがに、菜美が可哀相におもえてくる。

半四郎は雪駄をつっかけ、蹌踉《よろ》めく伯父の腕を支えた。

「伯父上、地蔵橋《じぞうばし》のところで駕籠を拾いましょう」

「わしに構うな。駕籠くらい、自分で拾えるわい」

腕を振りまわした途端、尻餅をつきそうになる。

半四郎は手を差しのべ、さっと背中に負った。

「ちと、そこまで送ってくる」

菜美に目配せし、玄関から外へ出る。

空を見上げれば、綺羅星《きらぼし》が瞬いていた。

半兵衛は童子《わらし》のように、寝息をたてはじめた。

七

雪乃の関心は矢競べよりも、矢で射殺された罪人のほうにある。

そもそも、妻籠の仁平次はどのような経緯《いきさつ》で捕縛《ほばく》されたのか。

方々に当たってみると、いくつかの事情がわかった。

まず、仁平次は尾張屋敷の御金蔵を破ったのち、数日経ってから、尾張家中の探索方に捕まったらしい。

妙だなと、雪乃はおもった。

尾張家中の探索方は三万両もの大金を盗んだ盗人を自分たちでは尋問せず、

南茅場町《みなみかやばちよう》の大番屋《おおばんや》につきだしたというのだ。

そもそも、百戦錬磨《ひやくせんれんま》の大泥棒をどうやって捕まえたのか。

それほどの探索能力を発揮しながら、なぜ、町奉行所に下駄《げた》を預けたのか、不思議でたまらない。

一方、下駄を預けられた町奉行所は、どのような追及をおこなったのだろうか。

吟味方の与力がお宝の行方や仲間の素姓を糺《ただ》しても、仁平次は知らぬ存ぜぬを繰りかえし、取りつく島もなかったという。尾張藩の手前、石抱《いしだ》きや鞭打《むちう》ちなどの責め苦までやってみたが、仁平次の口から出てくるのは「自分は塡《は》められた」という台詞《せりふ》だけだった。仕舞いには虚《うつ》ろな目で「およし、およし」と、女房らしき女の名を呼びつづけたらしいが、そのような女々《めめ》しい盗人に牢破りなどできるのだろうか。

調べてみると、首を捻りたくなることがいくつも出てきた。

しかも、肝心な点になると、役人たちはみな、口を噤《つぐ》んだ。

牢を破られた牢屋同心のひとりが責任を取らされ、御役御免になっているだけに、とばっちりを食いたくないのかもしれない。

それでも雪乃は粘り、大番屋に仁平次をつきだした藩士の姓名を知ることができた。

——浦田慎十郎《うらたしんじゆうろう》。

探索方の指揮を執《と》った人物で、尾張藩の勘定奉行《かんじようぶぎよう》である藤川玄蕃《ふじかわげんば》の懐刀《ふところがたな》とも言われている。

さっそく、雪乃は浦田慎十郎を捜しだし、見張ってみることにした。

隠密にとってみれば、朝飯前のはなしだ。

浦田は縦も横も大きな男で、年齢は四十前後と察せられた。

剣は柳生新陰流《やぎゆうしんかげりゆう》の免状を持ち、佐分利流《さぶりりゆう》の槍術《そうじゆつ》にも長じている。

外見からは武辺者という印象を受けたが、勘定奉行の懐刀だけあって蔵屋敷の帳簿なども任されているらしかった。

丸二日張ってみたが、市ヶ谷の上屋敷周辺で用事をすべて済ませ、取りたてて妙な動きはみせない。

雪乃は何者かに見張られているような錯覚をおぼえた。

ずっと嫌な感じを抱いているのだが、すぐそばに怪しい人影はない。

三日目、雪乃は張りこみを中断し、市ヶ谷から溜池《ためいけ》方面へ向かった。

赤坂《あかさか》御門からなだらかな坂道を下り、左手の溜池に沿って桐《きり》の木が濃密に植えられた桐畑を進む。右手には松平《まつだいら》美濃守《みののかみ》の高い海鼠塀《なまこべい》が畝々《うねうね》とつづき、桐の葉が鬱蒼《うっそう》と繁る坂道は昼なお暗い隧道《ずいどう》と化している。

南茅場町の大番屋に顔を出し、むささびの安の所在を聞きだそうとおもっていた。

それにしても、妙な一件に関わってしまったものだ。

あれこれ考え事をしながら、隧道を下っていく。

すると、正面から丸髷《まるまげ》の年増がやってきた。

地味な小袖を纏い、窶《やつ》れた様子だが、どこにでもいるような年増なので、気にも掛けない。

そのまま、擦れちがった。

「ちょいと、おまえさん」

声を掛けられた拍子《ひょうし》に、振りかえる。

きらっと、白刃が閃いた。

「うっ」

刃風が吹きぬけ、袖を断ちきられる。
と同時に、雪乃は年増の手首を摑み、ねじりあげた。
匕首《あいくち》が落ち、地べたに刺さる。
「放せ、放しやがれ」
騒ぎたてる年増の首に腕を搦《から》め、急所を締めて昏倒《こんとう》させる。
雪乃は暗い道の左右を見渡し、人影がないことを確かめた。
背後から年増の両脇を抱え、桐の木陰へ引きずっていく。
懐中に手を入れ、所持品を調べてみた。
出てきたのは、精緻《せいち》な細工のお六櫛だ。
妻籠の仁平次が、お六櫛の行商であったことを思い出す。
活《かつ》を入れてやると、年増はぱっと目を開けた。
「うわっ、殺せ、殺しやがれ」
狂ったように、騒ぎだす。
「あんた、弥平を矢で射殺したんだろう。ついでに、あたしも殺っとくれよ」
わけのわからぬ台詞を口走り、襟首に摑みかかってくる。
雪乃は手を振りほどき、年増が落ちつくのを待った。

「弥平という男は知らぬ。そなたは勘違いしている」

静かに語りかけると、年増は黙った。

水の入った竹筒《たけづつ》を手渡してやると、ごくごくのどを鳴らす。

年増はようやく、平静さを取りもどした。

「おまえさん、女だてらに弓を引くんだろう。三十間さきの葱坊主《ねぎぼうず》の頭も射貫くってはなしじゃないか」

「誰がそのようなことを」

「誰だっていいさ。それより、はっきり応《こた》えとくれ。亭主を殺ったな、あんたなんだろう」

「ちがう。何かのまちがいだ」

真剣な目を向けると、年増は目を逸らせる。

雪乃は問うた。

「そなた、名は」

「およしだよ」

「堅気ではなさそうだ」

「ご名答、盗人さ。夫婦小僧のかたわれだよ」

「大店の帳場から三両だけ掠《かす》めとる。けちな盗人だってのに、何でこんなことになっちまったんだろう」

雪乃は、探りを入れた。

「亡くなったご亭主の名は」

「だから、弥平だよ。右頬に波銭大の痣があるのさ」

「え」

雪乃は、ぴっと片眉を吊りあげた。

「痣のある男なら、知っている。されど、名は弥平ではない。妻籠の仁平次だ。腕も度胸も一級品、天下御免の大泥棒と聞いている」

雪乃は、仁平次が尾張屋敷の御金蔵を破り、いったん捕まったものの、牢破りをやらかした顚末《てんまつ》をはなしてやった。

「そうか。おまえさんのはなしを聞いてわかったよ。莫迦な亭主は罠《わな》とも知らず、与太話《よたばなし》に乗っちまったんだ。半月前のことさ。弥平は居酒屋で知りあった小悪党に、でかいヤマを踏まないかと誘われたんだ」

「夫婦小僧」

「でかいヤマ」

「それがたぶん、御金蔵破りだったにちがいない。でも、弥平はやっちゃいない。だいいち、それだけの腕も度胸も持ちあわせていなかった」

何もせずにいたにもかかわらず、弥平は前渡し金の十両を貰ってきたという。

「あたしゃ、すぐに返せって言ったんだ。得体の知れない金だからね、気味が悪いから返せって何度も言った。でも、弥平は笑って取りあわなかったのさ。それからすぐだ。お六櫛の行商で日本橋の大店に立ち寄ったとき、弥平は捕り方に縄を打たれた。あたしゃ、すぐそばで様子を窺《うかが》っていたんだよ……そっか、風体が妙だとおもったけど、あれは町奉行所の連中じゃなかったんだね」

尾張藩の家中だ。弥平は浦田慎十郎の率いる探索方に捕まり、南茅場町の大番屋につきだされた。そして数日後、牢破りをやらかし、板橋宿の宿場外れで捕まったものの、牢屋へ戻される途中で消されたのだ。

「ご亭主に金を渡した小悪党の名は」

「名は知らない。鼻に疣のある男さ」

「鼻に疣」

「ご存じなのかい」

むささびの安にちがいない。

雪乃は、そっと生唾を呑んだ。

およしは、つづける。

「おまえさんが弥平を射殺したって、疣のやつに報《しら》されたのさ。気前よく、五両の香典代《こうでんだい》まで寄こしたよ。やる気があるんなら、亭主の恨みを晴らしてみなって、煽《あお》られたのさ」

小悪党の戯れ言《ざれごと》を鵜呑《うの》みにしたのは、亭主を失って混乱していたせいだと言い訳し、およしは素直に謝った。雪乃と安を天秤《てんびん》に掛け、どちらが嘘を吐いているのか見当をつけたのだ。

勘の良い女だと、雪乃はおもった。

同時に、何か邪悪な者の影を感じた。

無論、安は操られているだけの下っ端にすぎない。

邪悪な者の正体は判然としないが、今はとにかく、およしを庇護《ひご》してやるのが先決だった。

「そなた、家は」

「引き払っちまったよ。どうせ、腐ったような裏長屋さ。あたしゃ、軒さえあればどこでも眠れるんだ。荒れ寺だって、どこだってね。あのひとに拾われるまえは、そうやって寒さをしのいできた。この身を売って、どうにか生きながらえてきたのさ。だから、家なんかいらない。案じてくれなくていいよ」

そうはいかぬとおもいつつ、雪乃は別のことを問うた。

「疣の男とは、どこで落ちあう」

「駒込の居酒屋だよ。目赤不動《めあかふどう》さんの門前にある。ひさごっていう小汚い見世さ」

弥平もその見世で、むささびの安と知りあったらしい。

雪乃はおよしの肩にそっと手を置き、諭《さと》すように語りかけた。

「疣の男には、もう二度と逢わぬほうがよい。困ったことがあったら、柳橋《やなぎばし》の夕月楼《ゆうづきろう》を訪ねなさい。楼主の金兵衛《きんべえ》は俠気《おとこぎ》のある人物、事情をはなせばわかってくれます。けっして、わるいようにはしませんよ」

「あ、ありがとう」

およしは驚いたように頭を垂れ、涙ぐむ。

「なにせ、他人様《ひとさま》から親切にしてもらったことなぞ、ないものだから」

「気にせずに。さあ、お行き」

「はい」

雪乃は、およしの痩せた後ろ姿を見送った。

こうなれば一刻も早く、むささびの安を捕まえねばなるまい。

八

目赤不動の門前にある居酒屋で元牢屋同心が惨殺《ざんさつ》されたと聞き、半四郎は仙三ともども慌てて中山道を駒込へ向かった。

元牢屋同心の名は風間角左衛門《かざまかくざえもん》、妻籠の仁平次が牢を破ったときに鍵を預かっていた役人だ。責任を負わされて御役御免になったあと、毎晩のように色街へ繰りだしては派手に呑み歩いていたという。

夕闇が迫っていたが、隣接する青物市場《やっちゃば》の喧噪《けんそう》はさめやらず、半四郎が息を切らしながらたどりついてみると、殺しの舞台となった「ひさご」という居酒屋は大勢の野次馬《やじうま》に取りまかれていた。

先着の定町廻りは七つ年下の若造で、半四郎のことを常から怖がっている。睨みを利かしてやると、首のちぎれかけた遺体のそばまで案内してくれた。

「ひでえな、こりゃ」

流された血の量が半端ではない。

遺体は杯をしっかり握ったまま、土間に転がっている。

若造が喋った。

「殺されたのは、一刻ほどまえです。風間角左衛門はひとりで呑んでおりましたが、そのうちに酔いがまわり、何やら喚《わめ》きはじめたそうです」

親爺《おやじ》が宥《なだ》めても、いっこうに言うことをきかず、困りはてていると、背中合わせで呑んでいた浪人が、物も言わずすっと立ちあがった。刀を抜くが早いか、上段から薙《な》ぐように風間の横首を斬り、返り血も浴びることもなく見世から消えてしまったという。

「浪人の風体は」

「さあ」

「さあじゃねえ。親爺を呼べ」

「は」

若造が振りむくと、胡麻塩頭《ごましおあたま》の親爺が蒼い顔で佇《たたず》んでいた。

仙三が気を利かし、連れてきたのだ。

「ひさごの親爺か」

「へ、へい」

「殺しをやったな、どんな野郎だ」

「それが、顔まではおぼえておりやせん。痩せて背の高《たけ》えご浪人で、着物は垢《あか》じみておりやしたが、どことなく、こざっぱりしておられたような」

「こざっぱりか」

「そうだ。月代《さかやき》を剃《そ》っておられやした。そのせいかもしれねえ」

「なるほど」

親爺によれば、浪人は深編笠《ふかあみがさ》を手にしていた。風間が腰を落ちつけたあと、しばらく経ってからあらわれ、すぐ後ろの床几《しようぎ》に座った。酒と肴《さかな》を注文し、ひとり静かに呑みつづけていたのだという。

「ほとけは、何やら喚いておったらしいな」

「呂律《ろれつ》がまわっておりやせんでしたが、牢破りをやらかした盗人のことをしきりに喋っていやした」

「妻籠の仁平次の名を出したのか」

「たしか、そんな名でやしたね。いもしねえ盗人に向かって、さんざ毒づいておりやした。出られたのは自分のおかげだとか、どうとか」

「出られたのは自分のおかげ」

「へい」

仙三に、ついっと袖を引かれた。

「八尾さま、出られたってのは牢のことでやすよ。やっぱり、鍵役人が一枚嚙《か》んでいたにちげえねえ」

「そうだな」

風間は何者かに金を摑まされ、妻籠の仁平次こと弥平を牢から逃した。

死罪が決まっている弥平にしてみれば、渡りに船の誘い水だったのだろう。

半四郎は、低く唸った。

「親爺、ほとけはほかに何か喚いてなかったか」

「だんだんに、思い出してきやした」

「そうかい。なら、喋ってくれ」

「へい。『安はどうした。鼻に疣のあるげす野郎はどうした。材木屋に繋げ。向《むこう》島《じま》で芸者をあげさせろ』と、そのようなことを繰りかえしている途中で、ばっさり斬られたのでごぜえやす」

材木屋、向島で芸者、鼻に疣のあるげす野郎、それらが何を意味しているのかはよくわからない。だが、筋がおぼろげに、みえてきたような気もする。

半四郎は問うた。

「鼻に疣のあるげす野郎ってのは、見世の常連なのか」

「常連ってほどのもんじゃございませんが、ときたま顔を出しますよ。何でも、ふだんは板橋の問屋場に詰めているとか」

後ろから、仙三が囁いてくる。

「八尾さま、そいつはたぶん、むささびの安っていう御用聞きでさあ。驚いちまったなあ。安はたしか、弥平の唐丸籠についていた小者のひとりでやすよ」

「なにっ」

「驚き桃の木でやしょう。もともとはけちな盗人で、仲間を売ってお上の密偵《いぬ》になった野郎です」

「けっ。そういった輩がいっち好かねえ」

半四郎は、ぺっと唾を吐いた。

仙三が首をかしげる。

「ひょっとすると、鍵役人は消されたのかもしれやせんね」

「ああ、たぶんな。偶《たま》さか後ろに座った浪人が刀を抜いたとはおもえねえ」

「どうして、殺られちまったんでやしょう」

「口封じだ。深く知りすぎていたからよ」

「何を」

「さあな。疣野郎でも捕まえて、しぼりあげてみるか」

半四郎は若い同心に遺体の処置を押しつけ、仙三と見世をあとにした。

外には野次馬の人垣ができている。

ふと、殺気を感じた。

さりげなく見渡すと、人垣の端に深編笠の侍がひとり佇んでいる。

——仙三、あの野郎を跟《つ》けろ。

半四郎は目顔で、さりげなく指図を送った。

色男はわきまえたもので、余計なことは聞き返そうともしない。

自然な仕種《しぐさ》で戸口を離れ、人垣に紛れこむ。

すぐさま、浪人と仙三は遠ざかっていった。

風間の遺体が運びだされ、人垣も解けていく。

半四郎は重い溜息を吐き、道端に目をやった。

暗がりに白々と、遅咲きの夏椿が咲いている。

「雪乃」

艶《あで》やかなたたずまいが、愛しい女を連想させた。

九

三日後、文月二十六日夜。

むささびの安は、行方知れずとなった。

もっとも、雪乃は本気で捜したわけではない。

小者を責めあげても、肝心なことは聞きだせまいと考えなおしたのだ。

肝心なこととは、御金蔵破りなどという狂言を仕組んだ裏のからくりである。

筋書を書いた人物が尾張家中におり、何らかの意図を持っておこなったにちがいない。

裏のからくりを知るには、やはり、解決の突破口となりそうな尾張家中を張りこむしかなかった。

風間角左衛門なる元牢屋同心が惨殺され、町奉行所の廻り方がそのあたりの事情を探っているとも聞いている。

半四郎の顔が浮かんだが、はたらきかけようとはおもわない。

みずからのしでかしたことの尻拭いをやらせるようで、気が引ける。

無論、雪乃は命にしたがい、牢破りの罪人を捕らえるべく、矢で射たにすぎない。しかし、射貫いた罪人が何者かに消されたときから、歯車は予期せぬ方角にまわりはじめた。

かならずや、この一件には裏がある。

下手《へた》に関われば命を落としかねない罠が潜んでいる。

御金蔵破りの探索を指揮した人物、浦田慎十郎がようやく動いた。

重臣らしき人物の乗る駕籠に随伴し、市ヶ谷の尾張屋敷から闇に紛れて深川の料理茶屋に向かったのだ。

芝口《しばぐち》からは屋根船を仕立て、三十間堀《さんじつけんぼり》、京橋川《きょうばしがわ》と渡って、鉄砲洲《てっぽうず》から大川《おおかわ》の河口に出た。

雪乃も小舟を拾って追った。

先行する屋根船は深川の油堀《あぶらぼり》に舳先《へさき》を突っこみ、富《とみ》ヶ岡八幡宮《おかはちまんぐう》の裏手へ吸いこまれていった。

舟寄せから鬱蒼とした杉林をのぞめば、奥まったところに料理茶屋が二軒建っている。手前が松本《まつもと》、その先が伊勢屋《いせや》、ふたつ合わせて二軒茶屋と呼ぶほうが通りはよい。

江戸に数ある料理茶屋のなかでも、一、二の格式を争う。

屋根船から降りた重臣は、頭巾《ずきん》ですっぽり顔を覆っている。

随伴する供侍は浦田のほかに二名、その二名とも提灯《ちょうちん》をぶらさげていた。

合わせて四つの人影はひとかたまりになり、伊勢屋のほうへ足を向ける。

二十六夜の月の出は遅い。明け方近くにならねば、東の空から顔を出さぬ。

煌々《こうこう》と照る月の影をのぞむべくもないが、星は降るように瞬いていた。

伊勢屋の入口では、福々しい女将のほかに、接待役であろう商人が出迎えにきていた。肥えた商人の背後には、捜していた小者の顔もある。

「むささびの安」

なぜ、あんなところで揉み手をしているのか。

いずれにしろ、安が尾張家中と繋がっていることはわかった。

雪乃は飛びだしたい衝動を抑え、木陰から様子を窺った。

さきほどから、ねっとりした気配を感じている。

周囲に注意深く目を凝《こ》らすと、半町ほど離れた藪陰《やぶかげ》に怪しい人影が潜んでいた。

重臣たちが料理茶屋に消えたのを確かめ、雪乃はそっと近づいていく。

間合を縮め、杉の木陰から様子を窺う。
優男の横顔が浮かびあがった。
「ん」
知った顔だ。
髪結いの仙三か。
半四郎の手下が、なぜ、このようなところに潜んでいるのか。
声を掛けようとおもったら、仙三は気配を察してか、藪陰を離れてしまった。
追うのをやめ、ふたたび、伊勢屋の入口を見張る。
人影はない。
さきほどと変わらぬ景色だが、何かが微妙にちがう。
突如《とつじょ》、殺気を感じた。
中腰で身構え、左右に目を配る。
「うわっ」
首を捻り、振りむいた。
——びん。
弦音と同時に、地べたへ伏せる。

突風とともに、禍々《まがまが》しい飛来音が襲ってきた。
――ひゅるる。
鏑矢《かぶらや》だ。
野太い幹のまんなかに、がっと矢が刺さった。
目を向ければ、妻白の鷲羽《わしばね》が揺れている。
命を狙われたのではない。
――この一件に関わるな。おぬしの命など、いつでも獲《と》れるのだぞ。
そんなふうに、鏑矢で威嚇《いかく》されたのだ。
背中に、冷たい汗が流れた。
雪乃は小太刀《こだち》を抜き、身構える。
しばらくは這《は》いつくばったまま、動くこともできなかった。
藪蚊《やぶか》に刺されるにまかせ、夜明けを待つことになりそうだ。
俯せになり、土に耳をつける。
何ひとつ、物音は聞こえてこない。
鼻先に、すっすっと光が飛びかっている。
「螢か」

螢火を目で追っていると、睡魔が訪れた。

十

今宵は月待ちの句会だというのに、投句仲間の浅間三左衛門《あさまさんざえもん》と天童虎之介《てんどうとらのすけ》は柳橋の夕月楼にすがたをみせない。楼主の金兵衛によれば、ふたりとも申しあわせたように風邪を引き、高熱を発して眠っているという。

「今年の風邪は、たちがわるいらしいからな。当分、あのふたりに近づくのはよそう」

半四郎は金兵衛と酒を酌《く》み交《か》わしながら、さきほどから、へぼ句をひねっている。

「月待ちに待ち人は来ず月も出ず」

「まことに。むさい男がふたりで月待ち、何ともおもむきがございませんなあ」

「花がほしい。できれば、夏椿のように艶やかな花が」

「八尾さま、ちと酔われましたか」

「そのようだ。はは」

元気なく笑い、半四郎は秋茄子を齧《かじ》った。

金兵衛は酒を注ぎながら、一連の出来事を蒸しかえす。

「仙三が跟けた編笠侍は、市ヶ谷の尾張屋敷に消えていったとか。風間角左衛門なる鍵役人は、やはり、尾張家中に消されたと考えるべきでしょうな」

「そうだな」

「むささびの安は、どうされました」

「捕まえずに泳がせることにした。今頃、仙三が見張っておろうさ」

「なるほど、ご苦労なことで」

「もとはといえば、仙三はおめえの子飼いだ。あいつは役に立つ。俠気もあるしな。おかげで、ずいぶん助かっているよ」

「それは、ようございました」

「風間が口走った材木屋の素姓もわかった。空木屋長右衛門《うつぎやちょうえもん》、築地《つきじ》にでけえ店を構える新興の材木商でな、二年前に尾張藩の御用達《ごようたし》になった。主人の長右衛門は関守《せきもり》という綽名で呼ばれている」

「関守」

「ああ。驚いたことに、以前は木曾路にある福島《ふくしま》関所の番人だった」

「ほほう、木曾路の関守が材木商に成りあがったというわけですな」

木曾路は中山道の臍《へそ》、街道の中心に位置する福島は要《かなめ》の関所として知られ、関《せき》ケ原《はら》の戦いで功績のあった地侍の山村《やまむら》氏が代官を任されていた。

福島の関をふくむ木曾を直轄するのは尾張徳川家六十一万九千石にほかならず、無尽蔵《むじんぞう》とも言われる檜《ひのき》などの木材は年に三万両余りの藩収をもたらしてきた。木曾山の収益と家康《いえやす》の形見分けである駿河《するが》お譲り金百万両をもって、尾張藩の実収は九十万石とも評されたが、それも今はむかしの夢物語にすぎず、我が世の春を謳歌《おうか》した七代宗春《むねはる》の享保《きようほう》期を頂点にして、藩財政は先細りの一途をたどっている。

そうした背景の狭間で、空木屋は頭角をあらわした材木商であった。

福島の関所がほかの関所と異なるのは、御用檜などの高価な木材の闇搬出を取り締まる白木改《しらきあらため》の任を負わされているところにある。無論、元番人の空木屋が白木改の役目に詳しいことは想像に難《かた》くない。

半四郎は、一介の関所役人が御三家筆頭の御用達商人にまで成りあがった理由を勘ぐった。

「たしかに、よからぬ臭いがいたしますな。経験からいわせてもらえば、まっとうな商人なら、まず御用達なんぞになるわけがない」

「金兵衛もそうおもうか」

「ええ。おそらく、重臣方に金をばらまいて摑んだ地位にございましょう。買収に掛かった金子は何千両、いや、下手をすると何万両かもしれません。はてさて、関守がそれだけの金をどうやってつくったか」

「考えられることはひとつ」

「御用檜を山ごと盗んだとか」

「それに近《ちけ》えことをやったのかもな。まあ、しかし、そいつは江戸の定町廻りにゃどうだっていいことさ。おれは弥平を殺ったやつのことが知りてえ。そいつを捜しだして、三尺高《さんじゃくたけ》え栂《つが》の木に縛りつけてやりてえのさ」

「命じられてやったことかもしれませんよ」

「それなら、命じた野郎に縄を打つ。相手が御三家のお偉方だろうが、関わりはねえ」

「あいかわらず、お勇ましいことで」

「からかってんのか」

「いいえ。わたしは、そんな八尾さまを眺めているのが好きなんですよ」

金兵衛はさも嬉しそうに、下りものの諸白を注いだ。

半四郎は一気に呑みほし、ぷふうっと熱い息を吐く。

と、そこへ。

仙三が顔を出した。

「おう、来たな。ま、一献《いっこん》飲《や》れ」

「へい」

半四郎が注いでやると、仙三は美味そうに杯を干す。

そのそばから、手拭いで額の汗を拭いた。

「いやあ、ひやひやもんでした。安のやつを跟けていったら、深川の二軒茶屋にたどりつきやしてね。しばらく張っていると、供侍を従えた頭巾頭の偉そうな侍がやってきやした。ええ、出迎えたのは女将と肥えた商人で、たぶん、商人は空木屋でやしょう。安のやつは腰巾着みてえに控えていやがった」

「それで、冷や汗をかいたってのは」

金兵衛が水を向けると、仙三は乾いた唇もとを舐めた。

「へい。みんなで見世に消えたところを確かめ、とりあえず、木陰を離れたんでさあ。そうしたら、人の気配を感じやしてね、振りかえろうとしたら、ひゅるるっていう音が聞こえてきやした」

「鳥の鳴き声か」

「いいえ、八尾さま。鳥を脅す鏑矢でやすよ。それと気づいた途端、あっしは後ろを振りかえりもしねえで、一目散《いちもくさん》に逃げてきたんでさあ」

「また、矢か。しかし、鏑矢ってことは、命を取る気まではなかったってことじゃねえのか」

「よく考えてみれば、そのとおりでやすね。鏑矢の音も、けっこう離れていたしな。ちっ、死ぬ気で走って損したぜ」

半四郎は、ぎろりと仙三を睨みつける。

「木陰に潜んでいたのは、おめえだけか」

「え」

「矢を射た者のほかに、誰かいなかったか」

「気づきやせんでしたけど」

「矢音は離れていた。ってことは、狙われたのはおめえじゃねえってことになる」

「なるほど。旦那は酒が入《へ》えると、頭が冴《さ》えやすね」

「余計なお世話だ。ともあれ、悪党どもが二軒茶屋でよからぬ相談をしているってのはわかった」

「尾張藩の重臣さ。たぶん、勘定奉行あたりだろうぜ。そいつが関守から成りあがった材木商とつるんでいやがる。安は空木屋の使い走りだな」

「それなら、鏑矢を射た野郎は」

尾張家中の公算は大きい。

「おそらく、そいつが弥平を射殺し、風間角左衛門を斬ったにちげえねえ」

「鍵役人が殺られたな、口封じだって仰いやしたね」

「弥平をわざと牢から逃がし、風間は大金を手にした。御役御免になっても、釣りがくるほどの大金をな。向島あたりで芸者をあげ、風間は空木屋にいいおもいもさせてもらった。橋渡しをしたのは、むささびの安だ。金をやって黙らせておくはずが、風間は酒癖がわるかった。酔った勢いで何をいいふらすか、わかったもんじゃねえ。そこで」

「ばっさり、命を絶った」

「ま、そんなところだ」

半四郎は、自分でも妙に頭が冴えているとおもった。

しかし、今ひとつすっきりしないのは、鏑矢で射られた者のことだ。

「おれたちのほかに、この一件を調べている野郎がいるってことか」

ひとりごちて、むぎゅっと茄子を囓る。

金兵衛が、にやりと笑った。

「一句浮かびましたよ。ご披露《ひろう》してもよろしいでしょうか」

「ふむ、聞こう」

「では」

金兵衛は、すっと襟を正す。

「破っても帳尻合わぬ御金蔵」

「ふふ、さすが肝煎《きもい》り。見抜いていやがる」

「やはり、八尾さまもそうおもっておられたか」

「ああ。おれもいろいろ考えた。おめえの詠《よ》んだとおり、御金蔵破りが狂言だったとしたら、筋は通る」

「御金蔵は破られ、三万両が盗まれた。そうすることで得をする連中がいるってことですね」

金兵衛が相槌《あいづち》を打つ。

「そうだ。狂言ってえことを隠すために、連中は天下御免の大泥棒をひとり仕立てあげようとした。そいつが妻籠の仁平次さ。大泥棒にさせられたのは、弥平っていう三両しか盗めねえ小心者のこそ泥だ。そいつを町奉行所につきだしておいて、牢破りでもさせれば箔《はく》はつく」

「くせもの揃いの身内、尾張藩の御歴々を騙すには、それくらいの奇策を講じる必要があった」

「くそっ」

半四郎は、拳を畳に叩きつける。

「悪党どもは何の躊躇《ためら》いもなく、弥平を虫螻《むしけら》も同然に始末しやがった。許せねえ」

「されど、八尾さま。相手はなにしろ御三家の家中、やはり、町奉行所の手がおよぶところではございますまい」

「金兵衛よ、さっきも言ったはずだぜ。相手が誰だろうが、縄を打つとな」

「本気でしたか」

「あたりめえだ」

「ふほっ、頼もしい」

金兵衛が酒を注いだところへ、若い手代がやってきた。糊《のり》の利いた着物の裾をぱんと叩き、廊下の隅にかしこまる。

「旦那さま、女が訪ねてまいりました」

「女」

「はい。薄汚い格好の年増で、およしと名乗っております」

「なに、およしだと」

おもわず、半四郎が応じてみせた。

十一

翌、二十七日夜。

雪乃は柿渋色の忍び装束《しょうぞく》を纏い、尾張屋敷に忍びこんだ。

市ヶ谷の上屋敷でも、戸山《とやま》や西大久保《にしおおくぼ》の下屋敷でもない。

築地にある蔵屋敷の一角であった。

江戸湾に注ぐ堀川を挟んで南には浜御殿《はまごてん》がある。

広大な敷地に蔵がいくつも建ちならび、母屋《おもや》のそばには海水を取りこんだ池泉《ちせん》廻遊式《かいゆうしき》の中庭がつくりこまれていた。

庭をのぞむ控部屋のなかで、三人の藩士が密談を重ねている。

上座に座るのは勘定奉行の藤川玄蕃、対するは用人頭の浦田慎十郎。主にこのふたりが喋り、もうひとり、金壺眸子《かなつぼまなこ》の痩せた男が浦田のかたわらに黙然と控えていた。

雪乃は身軽さを駆使しつつ、大胆にも瓦屋根《かわらやね》から屋根裏に忍びこみ、天井板の隙間から密談の様子を窺っている。

「浦田よ。その後、町奉行所のほうはどうじゃ」

「は、主立った動きはござりませぬ。八尾とか申す定町廻りが嗅ぎまわっておるようですが」

「鏑矢で脅した相手か」

「いいえ。そちらはまた別口で」

「まさか、大目付の配下ではあるまいな」

「ちがいます。おそらく、町奉行配下の隠密ではないかと」

「隠密」

「ご案じめさるな。すでに、手は打ってござります」

奉行所のしかるべき立場の与力に鼻薬を効かせているということだが、浦田は与力の名までは漏らさなかった。

「その隠密は誰の命も受けず、勝手に動いているものと推察されます」

「捨ておけぬな」

「ふふ、おなごにございますよ」

「なに、くノ一か」

「そのようなものでしょう。ひょっとしたら、妻籠の仁平次を板橋宿の棒鼻で射掛けた者やもしれませぬ」

「件《くだん》の弓上手じゃな」

「御意《ぎょい》」

「初耳じゃ。盗人を射たのが、おなごであったとはな」

「初耳と申せば、そのおなご、八朔の矢競べに出るやもしれませぬ」

「ほほう」

「二軒茶屋にて命を奪ってもよかったのですが、それではせっかくの趣向が台無しになります。ゆえに、鏑矢で脅すだけにとどめよと命じておりました」

浦田は雪乃のことを知り尽くしているような態度で言い、浦田に命じられて矢を放ったのであろう痩せぎすの男に目配せをする。

男は応じもせず、仏頂面で黙っていた。

四十前後であろうか。実際より老けてみえるのかもしれない。ずいぶん顴骨《かんこつ》の張った男だなと、雪乃はおもった。

「なるほどの」

藤川玄蕃は頷《うなず》き、口端を吊りあげる。

「浦田よ、おぬしがそうしたいのなら、泳がせておいてもよかろう。よもや、われらの企《たくら》みが外に漏れることはあるまい」

「はは。それにしても、さすが、藤川さまにござります。公金の流用を隠蔽《いんぺい》すべく、ようも、御金蔵破りなぞという奇策をおもいつかれましたな」

「むふふ、頭は使いようじゃ」

「帳簿の改竄《かいざん》をやれば、少なく見積もっても、一万五千両は浮かせることができましょう」

「おぬしに言われずとも、すでに、試案はできておる。ほれ」

藤川は床の間《とこのま》に設《しつら》えた違い棚の隅から、黒漆塗《くろうるしぬり》の文箱を取りだした。

蓋《ふた》を開け、分厚い帳簿をだいじそうに拾いあげ、膝を躙《にじ》りよせる浦田に手渡す。

紙面を捲って目を通し、浦田は心の底から感心したように唸った。

「見事ですな。さすが、御奉行は几帳面《きちょうめん》であらせられる。これさえあれば、御歴々が疑念を差しはさむ余地もございますまい」

「無論、今は出せぬ。公表の時機を誤れば、御金蔵破りを前提に算定したことがばれてしまうからの」

「さようですな。帳簿のことは厳重に秘さねばなりませぬ」

「以前から申しておるとおり、浮かせた金は材木相場に投じる」

「はい。御用達の空木屋が、着々と御用檜を買い占めております」

「わしが御用達にしてやったのだ。空木屋は命じられたとおり、闇で材木を買いつづければよい。ぬはは、今年は都合よく、長雨と水難が重なってくれた。いずれ、幕府のほうでも材木不足が叫ばれよう」

「材木相場が急騰《きゅうとう》するのは必定にございます」

急騰したところで、蔵に隠した大量の材木を売りにだす。

「藤川さまは、一夜で大金持ちに」

「所詮《しょせん》はあぶく銭じゃ。溜めても仕方ない。重臣どもにばらまき、出世の手蔓《てづる》といたせばよい」

「むふふ。もはや、尾張藩筆頭家老の地位も、すぐそこかと。この浦田慎十郎、どこまでも藤川さまに従《つ》いてまいります」

「頼りにしておるぞ」

雪乃は企みの全容を知り、ぎりっと奥歯を嚙んだ。

黙然と座していた男が、すっと立ちあがる。

「ん、いかがした」

藤川の問いにも応じず、痩せぎすの男は能役者のように畳を滑り、襖際《ふすまぎわ》で右腕を伸ばすや、長押《なげし》に掛かった大身槍《おおみやり》を取った。

「な、何とする」

狼狽《うろた》える勘定奉行を制し、大身槍の穂先を立て、とんと天井を突いてみせる。

すかさず、雪乃は身を捻《ひね》った。

鋭い穂先が頰を掠め、すぐに引っこむ。

雪乃は珊瑚玉《さんごだま》の付いた髪留めを投げた。

音が反響したあたりに、穂先が突きでてくる。

はっとばかりに、雪乃は反対側へ飛んだ。

追ってくる穂先を逃れ、瓦屋根の狭間から躍りでる。

跫音がたつのも気にせず、瓦から瓦へ駆けていった。

「くせものじゃ、出あえ、出あえい」

浦田の野太い声が響き、番士たちがばらばらとやってくる。

雪乃は屋根伝いに逃れ、槐《えんじゅ》の木によじ登った。

塀際に植えられた縁起木《えんぎぼく》だ。枝は堅い。

「塀のうえじゃ。逃すな」

枝にぶらさがり、塀の屋根にふわりと舞いおりる。

――びん。

禍々《まがまが》しい弦音とともに、征矢《そや》が飛んできた。

「うぬっ」

避けきれず、左の肩口を削られた。

削られた勢いのまま、道側の側溝に落ちていく。

水は腰まで溜まっており、ざぶんと水飛沫《みずしぶき》があがった。

「追え。あそこじゃ。龕灯《がんどう》をもて」

塀の潜り戸が開かれ、番士たちが飛びだしてくる。

雪乃は側溝から這いあがり、柿渋色の着物を脱いだ。

白い肌を晒《さら》し、脱兎《だっと》のごとく走りだす。

まるで、吹きぬける疾風《はやて》のようだった。

動きの鈍い番士たちが追いつけるはずはない。

削られた肩の傷が、じんじんと疼《うず》いている。

顴骨の張った金壺眸子の男は、いったい、何者なのか。

尋常ならざる弓の名手だとすれば、浮かぶ名はひとつしかない。

――蟹江惣兵衛。

「まさか、それはあるまい」

雪乃は肩口から鮮血を散らしながら、後ろもみずに駆けつづけた。

十二

翌、二十八日。

半四郎と仙三は、むささびの安を朝から見張った。

怪しい動きをみせたのは、夕刻になってからだ。

安はまず、築地の空木屋を訪ね、しばらく経ってから主人の長右衛門とあらわれ、長右衛門の乗る宝仙寺《ほうせんじ》駕籠《かご》の脇に従った。

向かったさきは、深川である。

永代橋《えいたいばし》を渡って佐賀町《さがちょう》の南へ向かい、大島町《おおしまちょう》から堀川を越えて石切場《いしきりば》へ向かう。

石切場のそばには、尾張藩の蔵屋敷があった。

御三家にしては狭い蔵屋敷で、一歩踏みこめば檜の匂いが漂ってくる。

石切場は深川七場所《ななばしょ》のひとつにも数えられ、淫靡《いんび》な雰囲気も感じられるが、人影はまばらで、夕闇に包まれた船着場では荷役夫《にえきふ》たちが忙《せわ》しなく荷を運びいれていた。

荷はいずれも木材で、船着場には筏《いかだ》がつぎつぎに寄せてくる。

大川が湾に注ぐ落ち口には、舟灯りが点々とつづき、まるで、送り盆の精霊《しょうろう》流《なが》しを眺めているようだった。

半四郎は目を瞠った。

「半端な量じゃねえな」

「木曾の檜でやしょうか」

「かもな」

「あれだけの檜、どうするつもりでやしょうかね」

「蔵に山と積み、鍵を掛けておくのさ」

「鍵を」

「米と同じだ。大量に買い占めてわざと品薄にさせ、相場が高騰したところで売りにだす。相場であぶく金を掴もうとする悪党の常道だな」

「そいつを、天下の御三家筆頭がやっていると」

「尾張藩といえども、昨今、台所は火の車らしいぜ」

「藩ぐるみで悪さをはたらいていやがるのか」

木材は利権の巣窟《そうくつ》だ。おこぼれを頂戴《ちようだい》している連中は多い。

「甘い汁を吸っている連中ってのは、誰なんです」

「わからねえが、筋書きは読めてきたぜ」

「教えてくださいよ」

「御金蔵破りさ。あれが狂言だった。盗まれたと称して金を浮かし、材木相場でひと儲《もう》けしようって魂胆《こんたん》なのさ。悪党が誰かといえば、やっぱり帳簿を預かる勘定奉行あたりが、いっち怪しいな」

「どうしやす」

「証拠を掴むしかねえが、まどろっこしい。なにせ、蔵の正面にゃ、葵《あおい》の御紋《ごもん》が睨みを利かしていやがる。勝手に踏みこむこともできねえ」

「安のやつを捕まえて、吐かせやしょう」

「ふむ。そろそろ、やるか」

安はたぶん、事の全容を知っている。

絵を描いた黒幕の正体も知っているかもしれない。

半四郎と仙三は荷揚げの様子を眺めつつ、安が船着場から離れるのを待った。

一刻ほど経過したころ、荷揚げがひととおり終わった。

安は人足頭と会話を交わし、手間賃を受けとっている。

どうやら、それが今宵の目当てだったらしい。

安は手間賃を懐中に入れるとその場を離れ、薄暗い横道を通って佐賀町のほうへ向かった。

界隈《かいわい》には油問屋が多く、堀川が錯綜《さくそう》している。

軋《きし》むような木橋の向こうに、蕎麦屋《そばや》の屋台がみえた。

安は小走りに木橋を渡り、すっと暖簾《のれん》の奥に消える。

「あの野郎、蕎麦を食う気だ」

「ふん、いい気なもんだぜ」

捕まえるのに、好都合ではある。

暖簾の向こうから、安の声が聞こえてきた。

「親爺、掛けをくれ。それと、熱燗《あつかん》だ」

「へえい」

親爺のだみ声が響いた。

仙三は屋台の脇にまわりこみ、半四郎はまっすぐ歩をすすめる。

両袖に手を入れ、月代を剃った頭で暖簾をくぐった。

安は、ぎょっとする。

「あっ、八尾の旦那」

「ほう。おれのことを知ってんのか」

「そりゃもう、南町奉行所の八尾半四郎さまを知らねえ小者はもぐりでさあ」

「おめえ、御用聞きか」

「へい」

「名は」

「むささびの安と呼ばれておりやす」

「むささびか。煮ても焼いても、食えそうにねえな。ところで、こんなところで何してやがる」

「ご覧のとおり、蕎麦をたぐるところで」

「莫迦野郎、とぼけたことを抜かすんじゃねえぞ」

「え」

「てめえ、深川の蔵屋敷にいたろうが」

「ど、どうしてそれを」

「見張っていたのよ。弥平殺しの真相を聞きてえとおもってな」

「お、おいらは……な、何ひとつ知らねえ」

「今ここで喋らなくてもいい。拷問蔵《ごうもんぐら》に連れていきゃ、嫌でも吐くだろうさ」

「ち、ちくしょう」

安は懐中に手を入れ、匕首を抜いた。

「死にさらせ。やっ」

白刃を突きだされても、半四郎は動じない。

安の手首を摑み、裏拳《うらけん》で鼻面を強《したた》かに叩いた。

「ぶへっ」

安は鼻血を散らして尻餅をつき、暖簾の外へ転げでる。

「仙三、行ったぞ」

「へい」

仙三は、棍棒《こんぼう》で撲《なぐ》りかかった。

「観念しろい」

と、そのとき。

——びん。

弦音と同時に、一本の矢が放たれた。

半四郎は叫び、白刃を抜きはなつ。

「仙三、伏せろ」

鋭利な鏃《やじり》が仙三の頬を掠め、まっすぐに飛んでくる。

「のひょっ」

つぎの瞬間、安が仰向けにひっくり返った。

額のまんなかに、矢が深々と刺さっている。

「くそっ」

半四郎は駆けだした。

刀を肩に担ぎ、前歯を剝《む》いて走る。走る。走る。

五十間ほど駆けたところで、四つ辻に行きあたった。

荒い息を吐きながら、周囲に目を配る。

すでに人影はなく、綿のようなものが落ちていた。

「矢羽か」

首を捻って振りかえり、湯気に包まれた蕎麦屋台に目をやる。

「おうい」

屋台のそばで手を振る仙三が、遥《はる》か遠くにみえた。

「嘘だろう」

薄暗がりのなか、これだけの間合いから矢を放ち、的の中心に当てられる者がはたして、何人いるだろうか。

「雪乃」

半四郎はおもわず、恋い焦がれた相手の名をつぶやく。

雪乃以外に、これだけの芸当ができる者は浮かんでこなかった。

十三

築地、采女《うねめ》ヶ原《はら》。

そのころ、雪乃は矢を射ていた。

釆女ヶ原には、父が厳しい稽古をつけてくれた矢場がある。

今はほとんど使われておらず、丈《たけ》の高い草に覆われていた。

夜更けになり、海風に誘われて出没するのは、目の血走った夜盗か血に飢《う》えた山狗《やまいぬ》くらいのものだ。

だが、雪乃の弾く弦音を聞けば、夜盗も山狗も踵を返してしまう。

今朝ほど、幕府より、正式に矢競べへの出場を促す命が届けられた。

命が下された以上、持っている力のすべてを出しきらねばならぬ。

ただ、出たい理由はほかにもあった。

蟹江惣兵衛の顔を、この目で拝んでおきたいのだ。

弥平を射貫いたのは、尾張藩屈指の弓上手にちがいない。

自分も、二度まで的にされた。

尋常ならざる力量の持ち主だ。

となれば、射手は蟹江惣兵衛をおいてほかにいないとおもわれた。

蟹江が弥平殺しの下手人ならば、とうてい許される所業ではない。

無論、許す気はないが、矢競べにも負けるわけにはいかなかった。

ゆえに、雪乃は一本一本に念を込め、矢を放っている。

傷の痛みも忘れて連射していると、人の気配が近づいてきた。

よく知った者の気配だ。

「父上」

「おう。やはり、ここであったか」

「おからだは、よろしいのですか」

「かまわぬ。ここ数日は調子もよい」

楢林兵庫は薄く笑い、雪乃の脇に立った。

「もう、二十年前になる。おぬしは五つで、はじめて弓と矢を手にした。この朶女ヶ原で、生まれてはじめて矢を放ったのじゃ」

「父上はいつも、遊びではないとお叱りになった」

「幼い娘にとっては、鬼のような父であったろう」

「はい」

「ふふ、正直なやつめ」

「でも、厳しい修行のおかげで、わたくしもひとかどの弓取りになりました」

「はたして、それでよかったのかどうか」

「悔いはありません。今さら、何を仰るのですか」

「すまぬ。ただ、おぬしが不憫《ふびん》におもわれてならぬ」

「どうして、そのように仰るのです」

「おぬしにはなにひとつ、娘らしいことをしてやれなんだ」

淋しげな兵庫に向かって、雪乃は胸を張った。

「いいえ。父上のおかげで、わたくしは生涯一の檜舞台に立つことができます。ありがたいとおもっているのですよ。されど、あくまでも、わたくしは父の代わり。海内一の弓取りとの誉れも高い楢林兵庫に、恥をかかせるわけにはまいりませぬ。かならずや、勝ってみせましょう」

「よう申した。それでこそ、わしの娘……こほっ、こほっ」

「父上」

「だいじない。射るのじゃ。心を空《くう》にせよ。相手のことなど考えるな。これは自分との闘いじゃ。勝つことを念ずるのはよいが、念じすぎてもいかん。自分を信じよ」

「はい」

雪乃は弦を引きしぼり、妻白の矢を放った。

矢はまっすぐ闇を裂き、的の手前で失速する。

「待て」

兵庫が厳しい口調で指摘した。

「おぬし、もしや、怪我をしておるのか」

「いいえ」

「さようか。なればよい」

背を向けて歩きだす兵庫を、雪乃は呼びとめた。

「父上」

「ん、どうした」

「わたくしを、お見守りください」

「ふむ、わかっておる」

兵庫は、にっこり微笑んだ。

「もっとも、おぬしの勝利を信じておるのは、わしひとりではないぞ」

「え」

「下谷の半兵衛どのがお見えになり、心遣いを置いていかれた。大福《だいふく》じゃ。おぬしが餡《あん》好きなのを知っておったのだわ。わしは無骨ものゆえ、そこまで気がまわらぬ」

ありがたいと、雪乃はおもった。

「ではな」

兵庫は右手をひらりとあげ、遠ざかっていく。

父の背中が小さくみえた。

岩山のごとく聳《そび》えていたはずの背中が、これほど小さかったとは。

雪乃は悲しかった。

弓を取り、矢を番えても、涙で曇って的がみえない。

左肩の傷が疼いた。

「知らぬ。痛みなど知らぬ」

死んでも、負けるわけにはいかない。

雪乃は歯を食いしばり、五百本目の矢を放った。

十四

葉月朔日《はづきついたち》、辰《たつ》ノ一点（午前七時）。

——どん、どん、どん。

深川は富ヶ岡八幡宮の東にある三十三間堂に、大太鼓の音色が轟《とどろ》いている。

雪乃はいない。

長身痩軀《そうく》の蟹江惣兵衛だけが正座し、瞑目《めいもく》している。

今から一昼夜、明日の夜明けにあたる寅《とら》ノ一点（午前三時）までが刻限と定められた。

十刻のあいだに、できるだけ多くの矢を放ち、的に当たった矢の数で勝敗を競う。

三十三間堂の柱間は三十五を数え、小口から小口までの長さは六十八間、地面から天井までの高さは三間、堂内の幅は一間三尺である。長さは京の蓮華王院よりもわずかに長く、高さも幅もあったが、射手の感覚からすれば同等と考えてよかろう。

通し矢競べには、さまざまな組みあわせがある。たとえば、長さを全堂ではなく、半堂や五十間などと定めたり、刻限を日中のみとしたり、矢数を無制限ではなく、千射や百射に限るといったように催されるのだが、的に当たった矢の本数を競うことにはかわりなく、やはり、何といってもこのたびのように、全堂で一昼夜無制限に矢数を競う「全堂大矢数」が通し矢の花形であった。

幅一間余りの狭いあいだに、ふた筋の的場が設けられている。

射手は重なるように立ち、おもいおもいに矢を放つ。

ふたり同時におこなうので、駆け引きも必要になってくる。

そのあたりを見物するのも一興だが、射手は今ひとりしかない。

はじまりの合図から参じなければならない決まりはないものの、当然のごとく、勝ちたければ、今ここにいなければならなかった。

しかし、雪乃があらわれる気配はない。

「どうしたのだ」

と、半兵衛が見物席で焦れたようにこぼす。

このたびの矢競べは市井にも開放されているため、雪乃と関わりのある連中が野外の見物席に集まっている。

浅間三左衛門と妻のおまつをはじめとする照降長屋の面々も、洟垂《はなた》れや嬶ぁや禿げた親爺や十九文見世《じゅうくもんみせ》のくたびれた婆まで、長屋総出で押しよせている。天童虎之介や金兵衛の顔もみえる。仙三の隣で固唾《かたず》を呑んでいるのは、亭主の弥平を殺されたおよしであろう。

もちろん、半四郎と半兵衛も隣同士で座っていた。そして、応援のために集まった者たちの中心には、楢林兵庫の蒼白い顔もある。

幕府と尾張藩の侍たちが堂内を埋めつくしているので、大向こうから芝居を見物しているようなものだが、射手の顔は表情までよくみえた。

しかし、肝心の雪乃だけがいない。

蟹江惣兵衛は毘沙門天亀甲繋《びしゃもんてんきっこうつな》ぎの着物に黒袴《くろばかま》、頭には黒烏帽子《くろえぼし》、左の弓手《ゆんで》には白革の押手《おしで》がけを着け、黙然と正面を見据えている。

「はじめい」

合図が掛かった。

蟹江はすっと立ち、重籐の弓を構える。

弓の長さは通常七尺三寸だが、それよりも五寸短い六尺八寸である。

靫《うつぼ》から抜いた矢の矢束も二尺八寸七分と定められていた。

蟹江は的に向かって真横を向き、おもむろに矢を番える。

――びん。

弾いた。

初矢は三十三間堂の柱を貫き、的の中心を見事に射貫く。

――どどん。

重厚な太鼓の音色が轟き、審判の席に座る角張った顔の侍が声を張る。

「一本」

筆頭目付の臣下、菱谷五郎太であった。

眉間《みけん》に縦皺《たてじわ》を寄せている。

公正な審判を託されたものの、心の内では幕府方の勝利を願っている。

いまだ堂内にあらわれぬ雪乃のことを、苦々《にがにが》しくおもっているにちがいない。

一方、堂内に列する尾張家の家臣たちはどよめき、興奮の面持ちで歓声をあげた。

「さすが、蟹江惣兵衛。わが藩の誇り、武士の鑑《かがみ》じゃ」

なかでも一段と疳高い声を発したのは、勘定奉行の藤川玄蕃にほかならない。

菱谷のみならず、幕府方の家臣たちは気が気ではなかった。

「鳥落としの娘はどうした。臆したのか」

口々に文句を垂れ、外に座る楢林兵庫を睨みつける。

大向こうの連中にしても、他人事ではない。

みな、雪乃の登場を祈るようなおもいで待ちつづけた。

矢競べの経緯《いきさつ》は、随時、千代田城《ちよだじよう》にて八朔の行事をとりおこなう公方と尾張公のもとへもたらされる。
それだけに、見物人たちの応援にも熱が入らざるを得なかった。
——びん。
二ノ矢が放たれ、的を射貫いた。
——どどん。
太鼓につづいて、菱谷の声が響く。
「二本」
半四郎は、のどが渇いて仕方ない。
できることなら、この場から去りたいとおもった。
くそっ、どうしちまったんだ。
胸の裡で、何度も悪態を吐く。
いや、焦っても詮無《せんな》いはなし。信じて待つよりほかにない。
「雪乃は来る。ぜったいに来る。半四郎よ、静かに座っておれ」
半兵衛は隣で口をへの字に曲げ、眸子を閉じる。
弦音は一定の間隔でつづき、太鼓の音色が轟いた。
「十本」

気づいてみれば、通し矢は十本を数えている。

蟹江惣兵衛は、一本たりとも外してはいない。

ゆったりと構え、的を正確に射貫いていく。

憎らしいほどの落ちつきようであった。

できることなら、自分が替わってやりたい。

半四郎は、待つことの苦痛に耐えつづけた。

十五

雪乃は、ふたたび、築地の尾張屋敷に忍びこんだ。

是が非でも、改竄された帳簿を奪う。

どうしても、今日でなければならない。

警戒が手薄な今日を除いて、別の機会はあるまいとおもわれたからだ。

ところが、屋敷へ来てみると、予想よりも警戒が厳重なので、忍びこむのに手間取ってしまった。

しかも、中庭の風景が前回と少しちがってみえる。

ない。

縁起木の槐《えんじゅ》がない。
伐《き》られてしまったのだ。
「ふっ、やってくれる」
雪乃は薄く笑った。
陽光は冲天《ちゅうてん》から、やや西にかたむきかけている。
無論、矢競べは開始され、蟹江は何本もの矢を的に命中させていることだろう。
のんびりとしてはいられなかった。
不正の証拠となる帳簿を奪わねばならない。
雪乃は屋根裏ではなく、縁の下に忍びこんだ。
柿渋色の覆面《ふくめん》を付け、大きな目だけを動かしている。
控部屋の廊下には、二名の番士が座っていた。
部屋のなかから、人の気配は感じられない。
鼠にでもなった気分だ。
部屋の床の間寄りを予想し、手にした短刀で慎重に畳を持ちあげる。
開いた隙間から様子を窺う。

やはり、誰もいない。
畳をずらして顔を出し、音をたてずに忍びこむ。
部屋は薄暗いものの、雪乃は夜目が利いた。
床の間の違い棚に近づき、隠し場所を探る。
あった。
黒漆塗の文箱を取りだす。
そっと、蓋を開けた。
「ん」
空だ。
箱を逆さにすると、底板が抜けた。
二重底になっている。
目当ての帳簿が隠してあった。
頰がゆるむ。
不正の証拠だ。
勘定奉行の几帳面さが裏目に出たというべきだろう。
これさえあれば。

雪乃は帳簿を膝に置き、ぱらぱら捲った。

「ん」

白紙だ。

偽物らしい。

塡められたのか。

感づいた瞬間、背後の襖がすっと開いた。

「盗人め」

低い声を発したのは、用人頭の浦田慎十郎だ。

鎖鉢巻《くさりはちまき》に襷掛《たすきが》けまでして、自慢の管槍をたばさんでいる。

「ふふ、おぬしが欲しいのは、これか」

浦田は懐中に手を突っこみ、本物の帳簿を取りだしてみせる。

そして、声をかぎりに叫んだ。

「くせものじゃ。出あえ、出あえい」

別の襖がたんと開き、廊下の二名が躍りこんでくる。

雪乃は背に負った直刀を抜き、翳《かざ》された刃を弾いた。

きんと、火花が散る。

「えいっ、やっ」

白刃を峰に返し、首筋に叩きつける。

瞬《まばた》きの間に、番士ふたりは昏倒した。

「ぬほっ、やりおる。されど、袋の鼠じゃ」

浦田が発したとおり、庭には十余名の番士が待ちかまえていた。

いずれも、手練《てだれ》れのようだ。腰の据わりをみればわかる。

「ふふ、白昼堂々忍びこんでくるとはな。おぬし、おなごであろう。町奉行所の隠密か」

雪乃は廊下に立ち、覆面の内で汗を掻いている。

番士たちは半円のかたちになり、囲みを狭めてきた。

「おなごであろうと手加減はせぬ。けえい……っ」

浦田は槍を青眼に構え、凄まじい気合いとともに突いてくる。

雪乃は床を蹴りあげ、ふわっと地に降りた。

「退《の》けい」

と、腹の底から声を発し、刀を振りながら血路を開く。

そして、囲いの一端を突破し、風のように塀際まで走り、何をするかとおもえば、刀をずさっと地面に突きさした。

「逃がすな」

浦田が赤い口で叫んでいる。

雪乃はくるっと踵を返し、番士たちの囲みに躍りこんだ。

手に握る短刀で林立する刀を弾き、番士たちの小手や股を斬っていく。

「ぬぎゃっ」

「ひぇっ」

悲鳴があがり、怪我人が左右に転がった。

雪乃は駆けぬけ、廊下にひらりと飛びのる。

「うぬ、小癪《こしゃく》な」

浦田の槍の穂先が、鼻先に伸びてきた。

鬢《びん》一寸で躱《かわ》し、腰帯に差しておいた黒鞘《くろざや》を抜く。

左手で黒鞘を握り、右の逆手に短刀を握りかえた。

「ぬりゃお……っ」

浦田は怒声を発し、乾坤一擲《けんこんいってき》の突きを繰りだす。

雪乃は黒鞘でこれを払い、迷いもなく、相手の懐中に飛びこんだ。

「いやっ」
鞘の石突きで額を突くと、浦田はすかさず首を捻った。
一瞬の隙を逃さず、雪乃は短刀を斜めに振りあげる。
「ぬっ」
喉笛《のどぶえ》がぱっくり裂け、鮮血が迸《ほとばし》った。
返り血を避けつつ、懐中の帳簿を掠めとる。
雪乃は黒鞘を捨て、二回連続の宙返りで地に降りた。
呆気《あっけ》にとられる番士たちを尻目に、たたたと駆けぬける。
塀のそばには、直刀が刺さっていた。
「はっ」
地を蹴り、刀の鍔《つば》を足掛かりに、ふわっと一段高く舞いあがる。
海鼠塀の屋根に楽々と降り、剝《は》がれおちるように側溝へ飛びこんだ。
ばしゃっと、水飛沫が立ちのぼる。
側溝の縁《ふち》によじのぼり、覆面と忍び装束を脱いだ。
帳簿を丸めて小脇に抱え、濡れた黒髪を靡《なび》かせて走りだす。
目指すさきは深川の三十三間堂、武士の沽券《こけん》を懸けた勝負はこれからだ。

十六

――どどん。

太鼓の音につづいて、菱谷五郎太の声が朗々《ろうろう》と響いている。

「三千と百二十本」

開始から四刻（八時間）余りが経過し、西の空は茜《あかね》に染まりつつあった。

「まだ来ぬか」

半兵衛は、ふうっと溜息を吐いた。

と、そこへ。

白装束の雪乃が颯爽《さっそう》とあらわれた。

「おおお」

堂内に、どよめきが沸《わ》きおこる。

蟹江惣兵衛も手を止めた。

雪乃は蟹江も見物人も一顧だにせず、凛《りん》とした面持ちで的を睨む。

左手に握る重籐の弓を構えるでもなく、その場に正座し、靫《うつぼ》とともに脇へ置いた。

背筋を伸ばし、眸子を閉じる。
「いざ、放たれよ」
菱谷に促され、蟹江は弓に矢を番えた。
——びん。
放たれた矢は途中で失速し、的を外してしまう。
海内一の弓取りが、あきらかに、動揺している。
だが、雪乃は目を開けようともしない。
寅ノ一点は、刻々と迫っている。
余裕などこれっぽちもないのに、ぴくりとも動こうとしない。
「あれでいい」
ひとり、楢林兵庫だけが頷いてみせた。
「え」
半四郎は不安げだ。
おそらく、雪乃のことゆえ、考えあってのことなのだろう。
それにしても、今の今まで何をしていたのか。
少し腹も立ったが、雪乃の凜々しい顔は鬱々《うつうつ》とした感情を吹きとばす。

蟹江はようやく落ちつきを取りもどし、一定の間合いで矢を放ちはじめた。疲れた様子はない。むしろ、闘志を掻きたてられたようだ。

やがて、陽は沈み、堂内外に篝火《かがりび》が焚《た》かれはじめた。

的は幽玄《ゆうげん》の世に浮かんでみえ、矢を射る蟹江のすがたは薪能《たきぎのう》を演じる能役者のようでもある。

――どどん。

「四千と九十八本」

菱谷が怒ったように叫んだ。

雪乃はかっと目を開け、おもむろに弓を取る。

すっくと立ちあがり、弦を軽く弾いた。

黒髪は巫女《みこ》のように後ろで束ねられ、左の弓手には黒革の押手がけを付けている。

きりっと結ばれた白鉢巻が眩《まぶ》しい。

「おお、射るぞ」

堂内に歓声が木霊《こだま》する。

雪乃の持つ弓の長さは、蟹江と同じ六尺八寸。弓力も同様に強い。矢を番える中関には絹の三味線糸《しゃみせんいと》が二重に巻かれている。

矢は朝と夕で重さを変えてよいものと定められ、蟹江はわずかに軽い矢へ切りかえていた。

――びん。

雪乃は流れるような動きで、初矢を放った。

矢は空を切り裂き、的に吸いこまれていく。

――どどん。

「一本」

菱谷の掛け声が轟くと同時に、二ノ矢が放たれた。

――どどん。

太鼓の音が響くころには、三本目の矢が放たれている。

見物人たちは刮目《かつもく》した。

「素早い、早すぎる」

雪乃の動きを、目で追うことができない。

おそらく、蟹江の三倍は素早かろう。

連射であった。

しかも、すべての矢が同一の軌道を描き、的の中心を捉える。

幕府方の連中は狂喜し、尾張方の番士たちは色を失った。

気づいてみれば、雪乃の当たり矢は百本を数えている。

驚くべきことに、外した矢は一本もない。

後《おく》れを取っているだけに、素早い連射をおこなうのと同時に、当たり矢の数を増やさねばならない。

蟹江でも当たり矢の率は、放った全矢のうち六割五分から七割と言われていた。

少なくとも率が八割を超えなければ、雪乃に勝ち目はなかろう。

いまや、見物席は興奮の坩堝《るつぼ》と化していた。

一方、蟹江惣兵衛は精神を乱している。

おもいどおりに、射ることができない。

それでも、まだ五千本という途方もない差があった。

常識で考えれば、夜明けまでに追いつける数ではない。

頭ではわかっているのだが、集中を欠いてしまっていた。

蟹江は大きく鼻で息を吸い、長々と口から吐きだした。

精神の統一をはかり、みずからを落ちつけようとする。

実際、雪乃の連射はあまりに凄まじく、海内一の弓取りをも動揺させるものだった。

半四郎と半兵衛は、瞬きをするのも忘れている。

雪乃の一挙手一投足《いっきょしゅいっとうそく》を見逃すまいとして、身を乗りだしているのだ。

長屋の連中は声を嗄《か》らして声援を送ったが、迫力に気圧《けお》され、今は静まりかえっている。

——どどん。

「一千本」

ついに、雪乃の当たり矢は一千本を数えた。

蟹江との差は縮まったが、手の届く範疇《はんちゅう》ではない。

正直、矢数の差など、雪乃はどうでもよかった。

ひたすら矢を番え、からくり人形のように弦を弾きつづける。

それでいい。

何も考えず、心を空にしている状態が心地よかった。

指の皮は剝け、血が滲《にじ》んでも、動きを止める気はない。

端からみれば、鬼気迫る勢いであった。
だが、さすがに夜更けになると、速射の間隔も長くなってくる。
雪乃は休むことなく放ちつづけたが、外れ矢も目立つようになった。
矢数など、もはや、どうでもよい。
この場に居合わせる誰もが、そうおもった。
この場に座っていれば、雪乃の雄姿《ゆうし》を目に焼きつけることができる。
それだけで幸せだった。
――どどん。
「五千本」
雪乃の当たり矢は、五千本を超えた。
子《ね》ノ刻（午前零時）を過ぎ、堂の周囲は漆黒《しっこく》の闇に包まれている。
山狗も梟《ふくろう》も物音ひとつたてず、ひっそりと静まりかえっていた。
ふたりの弓上手が矢を放つ音と、大太鼓の音色しか聞こえてこない。
半四郎は泣いていた。
雪乃のすがたが、涙で霞《かす》んでみえた。
涙が引っこむと、夢見心地になった。

常世の一等席に座り、極上の芝居でもみている気分だった。
――どどん。
「六千本」
雪乃の矢数である。
一方、蟹江の当たり矢は、六千五百本を数えていた。
気づいてみれば、矢数は急速に追いついている。
これだけの差ならば、あってないようなものだ。
そうおもった途端、半四郎の肩に力が入った。
もうすぐ丑《うし》ノ刻（午前二時）、残りは半刻しかない。
小雨がぱらつきはじめていた。
雪乃はふっと力を抜き、その場に正座した。
「どうしたのだ」
一睡もしていない半兵衛が、心配そうに漏らす。
雪乃は荒い息を吐いていた。
さすがに、疲れたのか。
仕方あるまいと、誰もがおもった。

「ここまでやれば充分じゃ」

半兵衛は、かたわらの兵庫に同意を求める。

楢林兵庫は、表情を変えない。

「まだまだ、余力はある」

おのれに言いきかせ、貝のように押し黙った。

父のことばどおり、雪乃は立ちあがり、おもむろに弓を握った。

そして、射る。

射る、射る、射る。

さきほどよりも素早く、力強い。

傷を負った左の肩口には、血が滲んでいた。

痛みもあるが、そんなことは気にしていられない。

「がんばれ」

おまつが叫んだ。

それが呼び水となり、嵐のような歓声が沸きおこる。

――どどん。

「八千本」

蟹江惣兵衛は、みずからの記録を塗り替えつつある。
疲労の色は濃いものの、この調子なら大願は成就《じょうじゅ》されるだろう。
——どどん。
対する雪乃の当たり矢は、七千五百本を超えた。
あと一刻足らずで、一千本を的に集めなければならない。
針鼠《はりねずみ》と化した的は、つぎつぎに取りかえられていった。
「がんばれ、負けるな」
照降長屋の連中は役人の制止も聞かず、懸命に声援を送りつづけた。
声援に後押しされ、雪乃は連射をつづける。
無心だった。
雑念を浮かべる暇はない。
そして、ついに、夜が明けた。
東涯《とうがい》が白々と明け、雀《すずめ》たちが鳴きはじめる。
「寅ノ一点じゃ。止めい」
菱谷五郎太が、嗄れた声を張りあげる。
ぱたりとその場に倒れたのは、蟹江惣兵衛のほうだ。

通し矢はぴたり八千五百本、海内一の弓取りは面目躍如《めんもくやくじょ》であろう。

一方、雪乃の通し矢は何本になったのか。

誰もが生唾を呑み、菱谷の声を待った。

「楢林雪乃の通し矢、八千八百八十八本なり」

「うわああ」

どうっと、歓声が沸きおこる。

このとき、雪乃ははじめて、見物人たちのほうをみた。

父の兵庫がいる。

半兵衛や浅間三左衛門、おまつや長屋の連中も大勢詰めかけていた。

そして、半四郎は涙で顔をくしゃくしゃにしている。

兵庫の発したことばが、雪乃の耳に蘇《よみがえ》ってきた。

――おぬしの勝利を信じておるのは、わしひとりではないぞ。

ぐっと、込みあげてくるものがあった。

「楢林雪乃、ようやった」

菱谷が歩みより、声を掛けてくる。

「上様より、いずれ、褒美が下賜《かし》されよう」

見物席のほうからは、半四郎が猪《いのしし》のように駆けてきた。
雪乃は菱谷を払いのけ、愛しい男のもとへ走る。
そして、泣きながら、分厚い胸にしがみついた。
長屋の連中はみな、貰い泣きをしている。
半兵衛などはおんおん泣きながら、洟水《はなみず》を垂らしていた。
「おなごめ」
そこへ、水を差すような声が投げつけられた。
蟹江である。
雪乃は、はっとした。
このときになってはじめて、蟹江の顔をみたのだ。
顴骨の張った痩せた顔、鈍い光を放つ金壺眸子。
まちがいない。
尾張屋敷の天井裏から窺った顔だ。
おもったとおり、哀れな弥平を射殺したのは、蟹江惣兵衛にほかならなかった。
名状し難い怒りが、沸々《ふつふつ》と湧いてくる。

だが、雪乃以上に、蟹江は怒り心頭に発しているようだった。

「この借りは返してもらう。待っておれ」

海内一と評された弓取りは苦々しく吐きすてるや、弓を膝のうえでふたつに折り、三十三間堂に背を向けた。

十七

仲秋《ちゆうしゆう》。

満月は群雲《むらくも》に隠れ、いっこうに顔をみせない。

将軍家斉より雪乃に下賜された褒美は、高価な絹の反物《たんもの》であった。

一方、雪乃の奪った帳簿は尾張藩の内部で極秘裡《ごくひり》に検討され、重臣たちの合議のもとで断が下された。勘定奉行の藤川玄蕃は公金流用の罪を問われて切腹、悪事に加担した空木屋長右衛門は斬首とされたのである。

ただし、勘定奉行の走狗《そうく》となってはたらいた蟹江惣兵衛だけは、証拠不充分として何ら罪に問われなかった。威信は地に堕《お》ちたも同然となったが、来し方の栄光が蟹江に生きのびる機会を与えたのだ。

——この借りは返してもらう。待っておれ。

三十三間堂で投げつけられたことばどおり、雪乃のもとへ果たし状が届けられた。

今いちど、矢競べをやりたいという。

ただ、見届人はいない。

的は、おたがいの命にほかならなかった。

「のぞむところ」

心では勇ましく応えても、からだはまともに動かない。

左肩の傷が癒《い》えておらず、通し矢の疲れも残っていた。

実際、弓を握ることすらおぼつかない状態なのだ。

「一矢なら、射ることはできる」

雪乃は愛用の弓を摑み、定められた馬場へ向かった。

尾張藩の下屋敷にも近い高田馬場《たかたのばば》である。

陽はとうに沈んでおり、秋風が荻原《おぎはら》を舐めていた。

約束の刻限におもむいてみると、矢競べと同じ扮装《いでたち》で揃えた蟹江惣兵衛が待ちかまえていた。

「逃げずに来たな。さすがは、鳥落としの娘。潔《いさぎよ》い。褒めてつかわす」

「悪党に褒められても、嬉しくはない」

「ふふ、わしが悪党だと」

「いかにも。藤川玄蕃の走狗となり、罪もない者を射殺したではないか」

「弥平とか申す盗人のことか。あれは、上役である藤川さまの命であった。上役の命は藩命も同じ、禄を喰《は》む者ならば藩命は果たさねばなるまい」

「どうせ、甘い汁を吸っていたのであろう」

「そうおもいたくばおもえ。されど、わしは根っからの弓取りでな、金や豪奢《ごうしゃ》な暮らしに興味は向かぬ」

「何を言っても、言い訳にしか聞こえぬわ」

「さようか。ま、致し方ない。おぬしとの決着には関わりのないことだ」

雪乃は一歩進みでた。

「やり方は」

「ふむ。矢は一本ずつ。間隔はたがいの足で七十歩ずつ開ける。大股で歩けば、おそらく、八十間は超えよう」

「八十間」

「さよう。三十三間堂よりは十間余りも長い。どうした、臆したか」

蟹江はよほど自信があるのか、不敵な笑みを浮かべてみせる。

「風下に立つなら、さきに射ることができる。風上なら、あとだ。どうする。おぬしに選ばせてやろう」

「風下でよい」

不利な条件と知りながらも、雪乃は即答する。

「承知した。では、はじめよう」

ふたりは背と背をくっつけ、一歩二歩と数えながら離れていく。

七十歩を数えたところで振りむくと、蟹江のすがたは遥か遠くにみえた。

なるほど、八十間はあるにちがいない。

地面は平坦で天井もないが、風はかなり吹いている。

正直、これだけの間合いで的を射貫く自信はなかった。

雪乃は、運を天に任せたい気分になった。

満月はあいかわらず、群雲に隠れている。

「いつでもよいぞ」

蟹江の叫びが、風に掻き消された。

雪乃は弓を取り、慎重に目測を計る。

妻白の矢を選んで番え、弦を引きしぼった。
無心で放つのだ。
もはや、それしか手はない。
ぐぐっと、さらに引きしぼる。
ひょろ長い的を睨みつけ、腕の震えが収まるのを待った。
――びん。
弾いた。
「行けい」
矢は向かい風を裂き、ぐんぐん天に昇っていく。
そして、長大な弧を描き、仁王立《におうだ》ちになった蟹江の足許に刺さった。
「外れたか」
がっくりと、項垂《うなだ》れる。
あとは的になるだけだ。
おそらく、蟹江は外すまい。
そんな気がした。
無論、からだを動かすわけにはいかない。

この勝負を逃げたら、生きのびても悔いが残る。
――汚名を浴びるようなら、死を選べ。
それも、父に習った教訓であった。
奇蹟《きせき》を信じ、じっと佇むしかない。
雪乃は祈った。
「外れてほしい」
武士らしく、華々《はなばな》しく散ってもよい。
常日頃から、気構えだけはできているつもりだった。
ところが、死を目前にすると、未練が迫りあがってくる。
「生きたい。もう少し」
祈りが通じたのか、群雲の狭間から満月が顔を出した。
半四郎の笑った顔が、餅を搗《つ》く兎《うさぎ》と重なってみえる。
――びん。
閑寂《かんじやく》とした野面に、弦音が響いた。
おもわず、雪乃は眸子を瞑《つぶ》る。
が、いくら待っても、矢は飛んでくる気配もない。

涼やかな風に、頬を撫でられた。

そっと目を開けると、蟹江らしき人影が遠くに蹲《うずくま》っている。

「どうしたというのだ」

雪乃は身構えた。

予期せぬ方角から、何者かがゆっくり近づいてきた。

「父上」

楢林兵庫が重籐の弓を携え、おぼつかない足取りでやってくる。

途中で、がくっと膝をついた。

「父上」

雪乃は弓を放り、駆けだした。

兵庫は顔をあげ、また歩きはじめる。

ふたりは一間ほどの間合いで足を止め、みつめあった。

「ふふ、何年かぶりに矢を射たが、まだ衰えておらなんだ」

「父上、どうして」

「助けた理由か。きまっておろう。だいじな娘を失うわけにはいかぬ」

武人としての矜持《きょうじ》を捨て、兵庫は乾坤一擲の矢を放った。

「百間近くはあったぞ。このわしに射られ、蟹江惣兵衛も本望だろうさ」

「父上」

雪乃はわけもわからず、痩せた胸に飛びこみ、おいおいと泣きだす。

「すまぬ。雪乃、父を許してくれい」

「許すも何も、命を助けてくださったではありませんか」

「そうか。そうおもってくれるか」

雪乃は久方ぶりに、父の匂いを嗅いだような気がした。

幼い日、頭を撫でてもらった思い出がふっと蘇ってくる。

あのころ、父と娘はきらきらした輝きのなかに包まれていた。そんな気もする。

「わしの役目は、これで終わりじゃ。おぬしは父から離れ、我が道を進まねばならぬ。ひとつ聞いてもよいか」

「何でしょう」

「やはり、不浄役人とはいっしょにならぬ気か」

半四郎の顔が、脳裏を過《よぎ》った。

雪乃はしかし、晴れやかな顔で応える。

「はい」

「なぜであろうな」

兵庫は、淋しそうな顔をする。

半四郎を気に入っていたのだ。

雪乃は、恥じらうように顔を赤らめた。

「人の妻となる自信がありませぬ」

「されば、どういたす」

「ゆくゆくは、江戸に道場を開こうかと。それが心に温めていた夢にございます。市井のおなごたちに、剣や弓を教えたいのです」

「そうであったか。それなら、およしを使ってやるとよい」

「およしさんを」

「ああ。矢競べ以来、すっかり、おぬしに心酔しておる。わしのもとへも訪ねてきおってな、身のまわりの世話をやらせてほしいと頭をさげおった。夫婦小僧なぞと呼ばれておったが、根はわるいおなごではない。亭主の弥平を亡くして傷心の身でもあろうしな」

「かしこまりました。されど、当面は廻国修行の旅に出ようかと」

「ふむ、それもよい。しばらくは世俗の煩《わずら》わしさから逃れ、じっくりと進むべき道を考えるのもよかろう」

「はい」

うんうんと頷く父の顔が、十《とお》も老けてみえる。

胸の詰まるおもいであったが、雪乃は泣かなかった。

「こうして月を愛《め》でたのは、何年ぶりかのう」

「はい」

「お、そうじゃ。半兵衛どのがお裾分けと称し、月見団子を届けてくれたぞ」

「まあ」

雪乃は、急に空腹をおぼえた。

縁側で宇治《うじ》の茶を呑みながら、供え物の月見団子を頰張りたいとおもった。

紅猪口《べにちょく》

一

晩秋の空はどこまでも高く、青々と澄んでいる。

風は涼やかで、じゃー、じゃーと嗄《しゃが》れた声で鳴く懸巣《かけす》の声すら心地よい。

通い慣れた旗本屋敷は、目のまえに聳《そび》える樫《かし》の木を通りすぎ、藍染川《あいぞめがわ》に沿って三町ばかり進んださきにある。

おすずは艶《あで》やかな振《ふ》り袖《そで》を纏《まと》ったおるりに従い、奉公先の天竺屋《てんじくや》がある日本橋呉服町《ごふくちょう》を出発した。御濠《おほり》のそばに架かる一石橋《いちこくばし》を渡って十軒店《じっけんだな》にいたり、慌《あわ》ただしく荷車の行き交う大路をたどってきた。さほど遠い道程ではないが、十二、三の娘たちにとっては小さな旅のようでもある。

こうして十日に一度、琴《こと》を習いに旗本屋敷へおもむくのだが、還暦《かんれき》を迎えた後家の師匠は目が弱く、誰が誰かの区別もろくにつかない。刻限どおりに訪れた町娘たちを相手に半刻ほど琴の手ほどきをし、おさらいをおろそかにしていけば、たちどころに音色を聞きわけて叱りつける。

厳しいけれども、回を重ねるごとに上達するのがわかるので楽しいし、何といっても高価な琴に触れることができる。今や、十日に一度の通い稽古は、おすずにとってかけがえのないものになりつつあった。

もちろん、鬱々《うつうつ》とした気分は拭えない。

魚臭い照降町《てりふりちょう》の裏長屋に住む娘が、良家に育った箱入り娘の嗜《たしな》みでもある琴を習うことなどあり得なかった。お付きを命じられたお嬢さまのおるりから、なかば強引に押しつけられたはなしとはいえ、どうしてきっぱり拒むことができなかったのかと、今さらながらに悔やまれる。

琴の師匠と奉公先の主人夫婦を騙《だま》し、母親のおまつをも欺《あざむ》いていた。罪深いことは知りつつも、おすずは今日もおるりの頼みを拒めそうにない。

土手の斜面に群生する薄《すすき》が、さわさわと揺れている。

蒼《あお》い首を羽に埋めて水面《みなも》を滑るのは、真鴨《まがも》であろう。

「おすず、そろそろよ」

前を行くおるりが振りむきざま、手にした猫じゃらしで鼻を擽《くすぐ》ろうとする。

おもわず顔を引っこめると、手首をきつく握られ、そのまま引きずられるように土手を駆けおりていった。

丈の高い薄のなかに紛れこみ、適当なところで薄を踏み倒す。

しばらくすると、ふたりで立っていられるだけの輪ができた。

これなら土手からも川からも、誰かに見咎《みとが》められる心配はない。

「さあ、取りかえましょう」

おるりは小鳥のように囀《さえず》り、臙脂《えんじ》の繻子帯《しゅすおび》をするする解きはじめた。

振り袖は呉服屋の娘らしく、豪華な束熨斗文様《たばねのしもんよう》を象《かたど》った紅白色分けの紬《つむぎ》だ。

おるりは名前のとおり、大きな瞳《ひとみ》を瑠璃《るり》のように輝かせ、鼻歌を口ずさむ。

あまりの美しさにうっとりとしながら、おすずは惚《ほう》けたように佇《たたず》むしかない。

「ぐずぐずしちゃだめよ」

おるりはたぼの張った島田髷《しまだまげ》に手をやり、前挿《まえざ》しの花簪《はなかんざし》と平打ちの飾り簪をさっさと抜き、鼈甲《べっこう》の櫛《くし》も抜き、鹿子柄《かのこがら》の結綿《ゆいわた》まで解いていく。

命じられるがままに、おすずも脱いだ。

着物はおまつのおさがりで、仕立て直しの染め直し、味噌漉《みそこ》し縞《じま》の小粋《こいき》な袷《あわせ》だが、下女奉公の娘が纏う普段着の域を出ない。たぼの張りがやや小さい島田髷に挿してあるのは、どこにでも売っている安価な柘植《つげ》の櫛と銀簪だ。それらすべてを交換し、下女奉公の娘と箱入り娘が入れ替わる。

「ふふ、それでいいのよ」

おるりは振り袖と鹿子の間着《あいぎ》を脱ぎ、桜色の襦袢《じゅばん》まで惜しげもなく脱ぎすてた。

朱の下帯一枚で堂々と上半身を晒し、華奢《きゃしゃ》な肩をそびやかせる。椀《わん》のような乳房は粟粒《あわつぶ》立ち、淡い色の乳首は堅く尖っていた。

着替えに手間取っていると、おるりがいきなり抱きついてくる。

「あ」

棒のように立ちつくすおすずのからだは、優しい温もりに溶けていった。

「寒かろう。おまえはわたしとよく似ている。肌は白いし、顔も綺麗。歳も同じ十二だけれど、十三でも充分に通用するよ。おまえをね、血を分けた妹のようにおもっているの。どう、嬉しいかい」

こっくり頷いたおすずの気持ちに偽《いつわ》りはない。

おるりには、素敵な大人になる方法をいろいろと教わった。もみじ袋で肌を擦るやり方も、際墨《きわずみ》を使った化粧の方法も教わった。洗い髪に付ける椿油《つばきあぶら》や肌のくすみを消す鶯《うぐいす》の糞《ふん》も分けてもらったし、蝶《ちょう》が吸うように使うのよと諭《さと》された菊の露も、言われたとおり、化粧の下地に使っている。頂戴した宝物はみな、三代目瀬川菊之丞《せがわきくのじょう》の艶姿《あですがた》が表に描かれた仙女香《せんにょこう》の小箱に仕舞ってあった。

もちろん、母親のおまつには内緒だ。五つのときに針を持たされ、雑巾《ぞうきん》縫《ぬ》いを仕込まれた。七つの帯解きで初化粧をほどこしてもらったときも、贅沢《ぜいたく》は生涯の敵だからねと告げられた。一人前の大人になる十三までは、紅も白粉《おしろい》も我慢しなさいと諭されたが、綺麗になりたい、着飾りたい、という娘心の誘惑には勝てない。

大好きな母親に嘘を吐いてまで着飾りたいのかどうか、みずからの胸に問うたところで、虚《むな》しい気持ちになるだけだ。

「おすず、紅を塗ってあげる」

おるりは袖口から、縁に紅の付いた猪口を取りだした。

昨年の暮れ、日本橋に創業して話題となった伊勢半《いせはん》の小町紅《こまちべに》だ。

——金一匁《もんめ》は紅一匁。

と、称されるほど高価な代物にもかかわらず、飛ぶように売れた。江戸表ばかりか、全国津々浦々《つつうらうら》までひろまり、今や、紅猪口を知らぬ娘はいない。

年頃の娘ならば誰もが憧れを抱くその紅を、おるりは右の薬指にちょいと付け、おすずの震える唇に近づけた。

「どうしたの。まだ寒いの」

「いいえ」

「なら、恥ずかしいのね」

おるりは艶やかに微笑み、唇にそっと触れる。

「ほうら。やっぱり似合う」

手鏡をみせられ、おすずは頬を赤らめた。

「嬉しいかい」

「はい」

「秘密だよ。今日のことは一から十まで、ふたりの秘密だからね」

念を押され、おすずは涙目で頷く。

「ほんに、おまえは可愛いなあ」

芝居がかった口調で言い、おるりは妖《あや》しげにまた笑う。

おすずが琴を習っているあいだ、足を向けるさきは決まっていた。稲荷社《いなりしゃ》の境内《けいだい》だ。一カ所に定まっているわけではないが、どこかしらの境内で新三郎《しんざぶろう》一座の小芝居が催されている。箱入り娘ならば着飾って、三座のある芝居《しばい》町《まち》に通いそうなものだが、おるりは木戸銭十六文の小芝居が好きだった。

「演目《だしもの》なんてどうだっていいの。わたしは、新三郎にこれなのさ」

おるりは袖を捲り、両手で自分の首を絞めあげる。

どうやら「首ったけ」という意味らしい。

なるほど、一座の座長でもある新三郎は長屋の嬶ぁたちにも人気の高い女形《おやま》だが、おすずはあまり好きではない。なよなよした柳腰の男よりも、無骨で無口な男のほうがよい。もっとも、好みや贔屓《ひいき》は猫の目のように変わる。先月までは、別の一座で脇役をやっていた女誑《おんなたら》しの色悪《いろあく》が好きだった。

ともかくも、入れ替わった娘たちは手に手を繫ぎ、土手のうえにあがった。

道端に咲く吾亦紅《われもこう》が川風に揺れている。

「さあ、これを」

おるりは微笑み、振り袖の内に匂い袋を忍ばせてくれた。

「伽羅《きゃら》だよ、いい匂いだろう」

ふたりはしばらく手を繫いで歩き、玉池《たまいけ》稲荷の門前で別れ別れになった。

新三郎一座の芝居は神田《かんだ》に点在する稲荷社を巡っており、ここ数日は玉池稲荷の境内で興行している。

一刻もすれば、門前で落ちあうことになろう。

それまでは呉服屋の箱入り娘となり、琴を静かに弾きながら、つかのまの夢をみる。

鳥居の向こうに消えていく味噌漉し縞の背中を見送り、おすずはお玉ヶ池のほうへ踵を返した。

池を半周巡った辺りまで行けば、旗本屋敷はみえてくる。

ほっと息を吐いて覚悟を決め、閑寂とした池畔《ちはん》を進む。

水面を舐める風がやけに冷たく、自然と急ぎ足になった。

慣れない振り袖の裾がからまり、おもうように歩けない。

「あっ」

下駄の鼻緒《はなお》が切れ、おすずはその場に蹲《うずくま》った。

不吉なことの前兆であろうか。

池畔に枝を垂らす柳が、わさりと揺れる。
刹那《せつな》、木陰から人影が飛びだしてきた。
「天竺屋市兵衛《いちべえ》の娘、おるりだな」
耳にしたのは、懸巣のような嗄れ声だ。
顔をあげるや、鳩尾《みぞおち》をどんと突かれた。
「うっ」
相手の顔を目にする余裕もない。
おすずは一瞬、夢によく登場する河童《かっぱ》の顔を思い浮かべた。
恐ろしい河童に両足首を摑まれ、凄まじい膂力《りょりょく》で引きずりこまれていく。
――誰か、助けて。
おすずは水泡《みなわ》を吐きながら、どこまでも深い水底《みなそこ》へ吸いこまれていった。

二

日本橋呉服町、天竺屋。
日没まではまだ間があるというのに、間口の広い表の木戸は閉まっていた。
勝手口に近づく大柄の同心は、こめかみに青筋を立てた八尾半四郎である。

「誰かいねえか。出てこい」

怒鳴りあげると、小太りの五十男がすっ飛んできた。

「これは八尾さま、お待ちしておりました」

「おめえが市兵衛か」

「はい」

天竺屋の主人は面識のない相手だが、こちらの素姓はおまつの口から聞かされているようだ。

「どうにも込みいったはなしで。ここはひとつ、おまつさんともお親しい八丁堀の旦那にご相談願ったほうがよろしいかと」

「内儀《ないぎ》に言われたのか」

「ええ、まあ」

「おれを選んだのは賢明な判断だ。おすずの双親《ふたおや》も押っつけ顔をみせる」

「こちらへどうぞ。おみせしたいものがございます」

「ふむ」

招じいれられた奥の間では、内儀のおとくが蒼白い顔で座っていた。

目の吊った細長い顔は狐のようで、耳まで裂けてみえる大きな口が「六日知らずのしわい内儀」とか「あたじけない大年増」とかいう欲深でけちな悪評を裏付けている。

半四郎は床の間を背にして座り、ぞりっと顎を撫でた。

市兵衛が手を打つ。

襖が開き、燗酒と蝶足膳《ちょうあしぜん》が運ばれてきた。

「ちっ、そんなもんは引っこめろ」

「え」

「惚《とぼ》けた面《つら》をみせるんじゃねえ。箱入り娘の身代わりになって、下女奉公のおすずが拐《かどわ》かされたんだろうが」

半四郎は苛立《いらだ》ちを隠そうともせず、凄まじい剣幕で吼《ほ》える。

「いいか、おすずはただの娘じゃねえ。浅間三左衛門の娘だ。おすずのことは幼《おさな》え時分からようく知っている。他人じゃねえんだよ」

「へへえ」

かしこまる市兵衛のかたわらで、狐顔の内儀は表情ひとつ変えない。

実父の先代は鬼籍《きせき》に入ったが、元禄《げんろく》のころに建てられた大きな蔵の鍵は、おとくに託されていた。市兵衛は二番目の入り婿で、数年前までは番頭だった。一番目の入り婿とのあいだにできた子がおるりで、おるりの実父は調子に乗って妾《めかけ》を囲った途端、三行半《みくだりはん》を書かされ、竹箒《たけぼうき》で掃きだされるように追い出された。

蝶足膳が片付けられると、半四郎は内儀を睨みつけた。

「おい、何かのまちげえじゃねえんだろうな」

「お疑いなら、こちらをご覧ください」

おとくは袖に手を入れ、おもむろに文《ふみ》を取りだす。

半四郎は苦い顔で文を受けとり、早口で読みあげた。

「娘は預かった。生きて返してほしくば今宵子ノ刻（午前零時）、千両箱をひとつ抱えて三光《さんこう》稲荷の境内へ来い。目印は御神木の一本杉……ふん、めめずがのたくったような筆跡《て》だぜ。こいつはどうやって届けられたんだ」

「娘のおるりが携《たずさ》えてまいりました」

「誰かに手渡されたのか」

「いいえ。味噌漉し縞の袖に忍ばせてあったそうです」

「味噌漉し縞だと」

「おすずの着物にございます。ふたりは琴の稽古へ足を運ぶたびに、着物を取り替えておりました」

「何で」

「娘のおるりは琴のお稽古よりも、小芝居をみたかったのだそうです。何でも、新三郎とかいう女形に首ったけだとか」

「ふうん」

半四郎は信じられない気分だった。

箱入り娘が自分の都合で、下女に面倒事を押しつけようとするのはわかる。ただし、あれほど曲がったことの嫌いなおすずが我儘《わがまま》な頼みを受けいれ、しかも、堅く口止めされていたにせよ、母親のおまつにも内緒で琴を習っていたことが信じられない。

「おすずは、とても喜んでいたそうです。おるりはあの娘の髪を飾ってやり、綺麗な着物を羽織《はお》らせ、唇に紅まで指してやったのだとか。言われてみれば、ふたりは色白で、面立ちも背格好もよく似ております。不心得者どもが見間違えても、不思議ではありません」

自分の娘だけがわるいのではないとでも言いたげに、おとくは小鼻を張った。

「おるりは味噌漉し縞の着物を纏い、玉池稲荷の鳥居のまえで半刻ほど待ちつづけていたそうです」

おすずが約束の刻限にあらわれないので妙だとおもい、おるりは旗本屋敷を訪ねてみたらしい。すると、琴の師匠に、今日は顔もみせていないと伝えられた。仕方なく天竺屋へ帰ってきたはいいが、やはり、おすずは戻っていなかった。これはきっと凶事に巻きこまれたにちがいないと察し、おるりは母親にすべてを包み隠さず打ち明けたのだという。

「箱入り娘はどうしている」

「熱を出して臥《ふ》せっております」

「ちっ、しょうがねえな。もういちど聞くが、文はいつのまにか娘の袖に入《へえ》っていたのか」

「はい」

掏摸《すり》の仕業《しわざ》だなと、半四郎は察した。

相手は素人《しろうと》ではなさそうだ。ただし、本物の箱入り娘と下女奉公の娘を取りちがえてしまった。肝心なところが抜けている。にもかかわらず、一千両もの大金を要求してきたのだ。

「お内儀、ともかく、身代金を用意してもらおう」

「とんでもない。それは困ります」

「おいおい、ふざけてんのか。天竺屋は元禄のころからつづく老舗《しにせ》だろう。天竺に行ったつもりで布を買うと皮肉られるほど、高価な品を売っているって噂だぜ。大奥《おおおく》辺りに上客を抱えているおかげで、がっぽり儲けがあるとも聞いた。一千両ぽっち、出せねえ金じゃあるめえ」

半四郎が声を張りあげても、おとくは怯《ひる》まない。

「娘のことならいざ知らず、奉公人のために、どうして一千両ものお金を払わなきゃならないんです」

「あんだと、この。人の命にゃ代えられめえが。ましてや、おすずはおめえの娘の身代わりにされたんだぜ」

「無理なものは無理です。そもそも、下女の分際でお琴を習うなんて、しかも、それを隠すなんて、ろくなものじゃない」

「習い事がどうのと言っているときじゃねえ。おう、天竺屋のお内儀。四の五の言わずに一千両用意しやがれ」

市兵衛は、おとくの隣でおろおろしている。

大店の主人におさまってからも、あつかいは番頭のままなのだ。

「けっ、てめえも男なら、ちったあ役に立たねえか」

期待もせずに水を向けると、非力なはずの市兵衛が意外にも俠気《きようき》をみせた。

「八尾さま、かしこまりました。一千両はすぐに、ご用意いたします」

「な、おまえさん。何を莫迦《ばか》なことを」

おとくに非難されても、市兵衛は襟を正して動じない。

「仕方あるまい。おすずは、ほかの奉公人とはちがう。おまえもわかっているはずだ。あれほど気の付く娘はいない。おるりとは、じつの姉妹のように馴染《なじ》んでおったではないか。だいいち、このまま指をくわえておったら、世間さまが許すまい。おまえも、少しは外聞を考えたほうがいい」

おそらく、いっしょになって初めて強気に出たのだろう。

おとくは口を開けたまま、呆気にとられている。

「偉《えれ》えぞ、よく言った」

半四郎は、ぱしっと膝を叩いた。

「市兵衛旦那の仰《おつしや》るとおりだ。お内儀、心配《しんぺえ》するな。金をみすみす奪われるようなへまはしねえ」

「まことですか。旦那を信じて、よろしいのですね」

「ああ」

「それでは、よしなにお願いいたします」

おとくに深々と頭を下げられ、半四郎は横を向いた。

三左衛門とおまつには、身代金のことは黙っていよう。

いずれにしろ、今は相手の指図どおりに動くしかない。

三

真夜中近く、薄暗い空には半月が浮かんでいる。

半四郎は、御神木の一本杉がみえる笹藪《ささやぶ》に潜んだ。

かたわらには、四十代なかばの髪の薄い侍がいる。

ともにいくつもの難事を解決してきた友、浅間三左衛門であった。

付きあいはもう、六年近くになる。

三左衛門は殿様警護の馬廻り役として、上州富岡《じょうしゅうとみおか》の小藩に仕えていた。富田流《とだりゅう》小太刀《こだち》の名人であり、上州一円に剣名を轟かせたほどの人物だが、貧相な外見からは剣客の片鱗《へんりん》も窺えない。

本人は喋りたがらないが、拠所《よんどころ》ない事情から同門の朋輩《ほうばい》を斬り、藩を出奔《しゅっぽん》した。故郷を捨て、姓名も変え、一介の浪人となって江戸へ出てきたところ、運良く同郷のおまつと出逢い、照降町の裏長屋でともに暮らしはじめた。

おすずはおまつの連れ子で、血の繋がりはない。三左衛門とおまつのあいだには、おきちという三歳の娘がいる。無論、血の繋がりはなくとも、三左衛門がおすずをどれだけ可愛がってきたかは、半四郎もよく知っている。

自分の憧れでもある仲の良い家族を、不幸にさらすわけにはいかない。是が非でも、おすずは生きて救いださねばならなかった。

ふたりが目を向けるさきには、市兵衛が寒そうに立っている。

千両箱を背負った手代がひとり、後ろに控えていた。

箱の中味は正真正銘の小判である。小細工をすれば最悪の事態も招きかねないため、半四郎みずから歯形を付けた。

「浅間さん、おまつさんの様子はいかがです」

「少しは落ちつきましたが、尋常ではない取り乱しようだった」

「そうでしょうとも。おすずは、おっかさんによく似ている。分身みてえなもんだ。おまつさんはおおかた、からだの一部をもぎとられたような痛みを感じているにちげえねえ」

「わたしもですよ」

ぽつりとこぼす三左衛門は、涙ぐんでいるようにもみえる。

が、今はしんみりしているときではない。

三左衛門自身がよくわかっているはずだ。

「八尾さん、そろそろ子ノ刻だ」

「ちっ、もうそんな刻限か。誰も来る気配はねえな」

向かいの笹藪には、御用聞きの仙三を潜ませていた。

怪しい人影をみつけたら、即座に、鶫《つぐみ》の鳴き声をまねた合図が入るはずだ。

「八尾さん、鶫ってのはどんなふうに鳴くんですかね」

「さあ。くわっとか、くえっとかじゃねえのかなあ」

「食えば美味《うま》いが、容易には鳴かない。口を噤《つぐ》むから鶫なのだと、誰かに教わりましたよ」

「だったら、鴉《からす》のほうがよかったかなあ」

どうでもよい会話を交わしてると、気分も紛れた。

「それにしても、なぜ、三光稲荷を選んだのでしょうね」

「さあて。連中、何か縁でもあったのか」

と、半四郎は首を捻る。

じつは、一刻前にも下見に訪れていた。小芝居の一日興行が終わったあとで、桟敷席《さじきせき》の残骸が境内のそこいらじゅうに散らばっており、祭りのあとの静けさに似た物淋しい感覚をおぼえた。

「そういえば、あたじけねえ天竺屋の内儀が言ってたな。箱入り娘は、何とかっていう女形に首ったけだって」

半四郎は、みるともなしに月を仰ぐ。

「おもいだした。女形の新三郎だ。そいつの顔を拝みてえばっかりに、おすずと着物を換えやがったんだ」

「おかげで、自分は難を免れた」

「そういうこと。おすずは割を食った」

「ただし、自業自得の面もあると、おまつは泣きながら言いましたよ」

「ほう」

「おすずは奉公先のご夫婦にも、双親にも、琴を習っていたことを隠していた。娘に裏切られたも同然だと」

「あんまり、おすずを責めねえことだ。年頃の娘なら、綺麗に着飾りてえだろうし、琴のひとつも習いたかろう」

「分相応かどうか、そこを考えないと」

母親は草鞋《わらじ》千足《せんぞく》ともいわれる仲人《なこうど》稼業の十分一《じゅうぶいち》屋《や》、朝から晩まで汗かきながら江戸じゅうを歩きまわっている。一方、父親は楊枝《ようじ》削《けず》りや扇《おうぎ》の絵付けなどをやりながら、小さな娘の子守をしている。親子四人、九尺《くしゃく》二間《にけん》の裏長屋で身を寄せあって暮らしているというのに、娘が琴を習うというのは、どうしても釣りあいが取れないと、三左衛門は淡々と語る。

「おすずの持ち物のなかから、仙女香の小箱がみつかりましてね。蓋を開けてみたら、白粉やら鶯の糞やら、高価な品が出てきた。おそらく、箱入り娘から貰った品々であろうが、親に隠れて化粧なんぞにうつつを抜かしているようなら、無事に帰ってきても承知しない。勘当してやると、おまつは怒りにまかせて言いました」

「そいつは困ったな。内儀に聞いたはなしじゃ、おすずはいつも、おるりに伊勢半の紅を指してもらっていたらしい。たいそう嬉しそうにしていたのだとか」

「ほう、紅を」

「おすずにしてみれば、天にも昇る気持ちだったにちげえねえ。蛹《さなぎ》が蝶になるように、娘ってのはいつのまにか綺麗になる。浅間さん、琴や化粧ぐれえ許してやろうじゃねえか」

三左衛門は困惑顔で、ぼそっとこぼす。

「蛹が蝶に、か」

「いっしょに暮らしているとわかりにくいが、こうして離れてみると、娘の成長はよくわかる。ちがいますかね」

「たしかに、八尾さんの仰るとおりかもしれない」

「許してあげましょう。おすずも罪深くおもっているはずだ」

三左衛門は応えず、むっつり黙りこむ。

肌寒い風が、ふたりの鬢《びん》を揺らして吹きぬけた。

「八尾さん、約束の刻限はとうに過ぎましたよ」

「くそっ、やつら、来ねえつもりか」

市兵衛と手代は身を縮め、一本杉のかたわらで寒そうに震えている。

半月は群雲《むらくも》に隠れた。

それから二刻半（五時間）ほど経過し、東の空が白々と明け初めても、悪党どもはすがたをあらわさなかった。

四

天竺屋の勝手口には、福を招くという八《や》つ手《で》が植えてある。
「天狗《てんぐ》の団扇《うちわ》か、縁起でもねえな」
二日目の朝、束ねられた黒髪が店に届けられた。
届けられたというよりも、店先に抛《ほう》ってあったのだ。
誰が抛ったのかは、わからない。
朝靄《あさもや》が立ちこめており、怪しい人影を目にした者はいなかった。
髪の長さは五寸ほど、量もたっぷりある。
束ねに使った紙には、脅し文句が綴《つづ》られていた。
――不浄役人を遠ざけよ。さもなければ、娘の命はないぞ。
呼ばれた半四郎は市兵衛に文をみせられ、腕組みして考えた。
「敵さん、こっちの動きを読んでいるようだな」
昨夜の行動が筒抜けだったとしたら、存外に侮《あなど》れない相手とおもわねばならない。
ただ、悪いはなしばかりではなかった。おすずはたぶん、気丈さを保ちながら、おるりになりすましているにちがいない。

「賢いな。箱入り娘のふりをしているかぎり、滅多《めった》なことでは命を取られねえ」

「しかし、どうしたらよろしいのでしょう」

「何も恐れることはねえさ」

ともあれ、先方の出方を待つよりほかにない。

だが、半四郎も手をこまねいているわけではなかった。

「女中頭に聞いたが、つい先だって、店を辞めた手代がいるらしいな」

「それは、良治《りょうじ》のことですね」

歳は二十一、市兵衛みずから目を掛け、丁稚小僧《でっちこぞう》から手塩に掛けて育てあげた若者だった。天竺屋に奉公しはじめてから、かれこれ六年にはなるという。

「長《なげ》えな。何でまた、辞めちまったんだ」

内儀のおとくは留守のはずだが、市兵衛は声をひそめる。

「つけのぼせ（解雇のこと）にございます」

「つけのぼせ」

「はい。お得意さまからお預かりしたお品代を、良治は町で掏《す》られました」

血相を変えて店に戻り、包み隠さず事情を告げたにもかかわらず、おとくは許そうとしなかった。

「ほかの者にしめしがつかないと怒りあげ、顔をみたくもないから、すぐに出ていけと申しわたしたのです」

「内儀らしいな。掏られたのは、いかほどだ」

「五両にございます」

たいそうな金にはちがいないが、即座に暇《いとま》を出されるほどの金額ではない。

「六年も滅私奉公《めっしぼうこう》してきたってのに、たった一度のしくじりでつけのぼせたあ、あんまりじゃねえか」

「仰るとおりにございます。手前も辞めさせぬ方向で取りなそうとしましたが、おとくは聞く耳を持たずで」

市兵衛が秘かに路銀を持たせてやると、良治は泣きながら店を去っていったという。

「泣きながらか。そいつは、いつのはなしだ」

「もう、半月前になりましょうか」

「恨みを買っちゃいねえだろうな」

「え」

「六年も働かされたあげく、たった五両でお払い箱。若え者《わけ》には酷な仕打ちだ」

良治が天竺屋を去り、半月後に拐かしがあった。

「ま、まさか。良治をお疑いで」

「十手持ちなら、誰だって疑うぜ」

ぎろっと睨みつけると、市兵衛は大袈裟《おおげさ》に首を振る。

「あり得ません。生真面目で気の弱い良治が、拐かしなんぞという大それたことをしでかすわけがない」

「まっとうな者が道をまちがえるってはなしはよくある。いいや、まっとうに生きてきた者ほど、窮地に追いやられたときの見返りは恐《こえ》え。ひとつ、当たってみるかな。良治の実家はどこだ」

「中山道の桶川《おけがわ》にございます」

「桶川か。紅花《べにばな》の産地だな」

「いかにも、さようで。良治の母親は紅花の行商をやっていると聞きました」

「父親は」

「乳飲み子のときに亡くなっております」

母ひとり子ひとりで、貧乏暮らしに耐えてきたらしい。

大店の手代になった良治は、母親にとって自慢の息子だった。

「辛《つれ》えはなしだな」

半四郎は吐きすて、重い腰を持ちあげた。

五

中山道第六の宿、桶川。

江戸で動きがあれば、三左衛門が対応する。

仙三も残してきたので、案ずることはない。

半四郎は旅装束に身を固め、中山道を北へ向かった。

日本橋から板橋宿を経て、戸田《とだ》の渡しで荒川《あらかわ》を渡り、六斎市《ろくさいいち》で賑《にぎ》わう浦和《うらわ》や武蔵国一宮《むさしのくにいちのみや》の氷川神社《ひかわじんじゃ》を擁《よう》する大宮《おおみや》を越え、十里余りの道程をひたすら進む。

腹が減ったら握り飯を頬張り、打裂羽織《ぶっさきばおり》を靡《なび》かせて飛ぶように走り、半四郎は夜になってから桶川宿の土を踏んだ。

江戸よりも、木々の色付きは早い。

紅葉しかけた大樹の枝には、胸の黄色い真鶸《まひわ》の群れがとまっていた。

――ちゅいーん。

真鶸の鳴き声を背にしながら、宿場の大路を歩いていく。

桶川宿は本陣《ほんじん》一軒と脇本陣二軒をふくむ四十軒近くの旅籠《はたご》を擁し、大いに賑わっていた。宿場の喧噪とはうらはらに、棒鼻《ぼうはな》を過ぎれば丘陵地がひろがり、春の終わりから夏の初めにかけては、一面に臙脂《えんじ》の紅花が咲きほころぶ。

天明《てんめい》のころ、出羽国《でわのくに》からもたらされた紅花の栽培によって、桶川の農民たちは米や麦を作る必要がなくなった。紅花のほうが、米の四倍も儲かる。化粧紅や染め物の原料となる「桶川臙脂」は出荷時期が早いこともあって珍重され、紅花商人によって江戸や京大坂へも運ばれていく。

旅籠の土産《みやげ》にはかならず、紅猪口が売られていた。

江戸にできた伊勢半の品を模した安物だが、これほど色とりどりの猪口を売っている宿場もめずらしい。

半四郎は小銭を払い、紅猪口をひとつ求めた。

遊山《ゆさん》気分を戒《いまし》め、宿場をあとにする。

市兵衛に教えられた良治の実家は、棒鼻から半里ほどさきへ行った農村の一隅にあった。

先代から紅花栽培をやっていたが、稼ぎ頭の父親が病死したので知りあいに土地を譲り、病弱な母親は細々と紅花を行商することで生活を立ててきたという。

村外れの鎮守《ちんじゅ》の杜《もり》から、梟《ふくろう》の鳴き声が聞こえてくる。

月も星も輝いていたが、何やら不気味な感じがした。

夕餉《ゆうげ》を済ませたばかりの農家を訪ね、実家の所在を教えてもらう。

半四郎は小田原提灯《おだわらちょうちん》をぶらさげて暗い細道を進み、鎮守の杜のそばにある粗末な小屋へ足を向けた。

朽ちかけた板戸を敲《たた》くと、窶《やつ》れた顔の女が顔を出す。

「良治のおっかさんかい」

「は、はい」

十手をみせ、江戸からやってきたのだと告げる。

すると、母親は薄暗い部屋のなかへ通してくれた。

手燭《てしょく》に火を灯し、運んできた盥《たらい》に半分ほど水を入れる。

さらには、囲炉裏《いろり》で沸かした湯を盥に注いだ。

「逆さ水ですみません」

と、母親は恐縮してみせる。

半四郎は、水に湯をそそいだぬるま湯で、死者をあらう湯灌《ゆかん》を連想したが、埃《ほこり》まみれの打裂羽織を脱ぎ、袴も脱いで素足をぬるま湯に浸けた。

心地よさが旅の疲れを溶かし、急に眠気が襲ってくる。

くうっと、腹の虫が鳴いた。

「お粥《かゆ》でよろしければ、どうぞ」

「ありがたい。相伴《しようばん》にあずかろう」

半四郎は欠け茶碗を渡され、箸《はし》でさらさら粥を流しこむ。

腹ができたところで、用件を切りだした。

「良治は戻ってねえのかい」

母親は俯き、ぼそぼそと応じる。

「戻ってまいりましたが、それもたった一日のことで」

大宮の金貸しから高利の金を借り、それを元手にして、野田賭博《のでんとばく》にのめりこんでいるという。

「本人は何ひとつ申しませんでした。ただ、天竺屋さんを辞めてきたとだけ。それからしばらく経って、金貸しの手先がやってきました」

「どんな野郎だった」

「髑髏《どくろ》をかぶったような痩せた浪人でした」

「髑髏をかぶったか、そいつはおもしれえ」

「背筋がぞっといたしました。浪人のいうには、良治の借りた金は利息も合わせて十両近くに膨《ふく》らんでいるとかで。とりあえず、有り金を手渡して帰ってもらいましたが、その日からは夜もおちおち眠れません」

良治は自暴自棄になり、高利の金に手を出してしまった。

つまり、金欲しさに大それたことをしでかす素地はあった。

やはり、良治が拐かしをおもいついたのだろうか。

そこまでの筋を描いておきながら、半四郎は首を振った。

「ちがうな」

良治が、おるりとおすずを見間違えるはずはない。

万が一、拐かしを依頼した者がいて、その連中がまちがえたとしても、すぐにそれと察し、次の一手を打とうとするはずだ。

少なくとも、おすずの髪を切ってよこすはずはない。下女の髪を切ったところで脅しにはならない。わかりきったことだ。

「良治はどうして、天竺屋さんを辞めたのでしょう。何かしでかしたのでしょうか」

母親は寝不足の眸子《まなこ》をしょぼつかせる。

「あの子は優しい子なんです。幼いころから紅を塗るのが大好きで、よく娘っ子とまちがえられました。あんまりいじめられるものだから、いっそ娘として育てようと、紅いべべを着せてあげたこともございます。そうしたおり、大宮の氷川神社で宮地《みやち》芝居を催しておられた座長さまに、お声をお掛けいただきました」

天竺屋との関わりができたのも、偶《たま》さか、座長が番頭の市兵衛と知りあいだったからしい。

良治は市兵衛に利発さを買われ、天竺屋へ奉公することになった。

母親にしてみれば、鼻高々であったろう。無理もない。貧乏な家の倅《せがれ》が江戸の大店で働くことができるのだ。

「あの子が巣立っていくとき、わたしは言いました。立派な商人になって、いつか戻ってきておくれと。良治は泣きながら、何度も頷いてくれました。かならず立派になって、おっかさんを迎えにくるから、それまで達者でいてほしいと、そう言ってくれたのです。優しい心根を持った子なんです。わかってやってください。大それたことなど、できるはずがないんです」

「わかっているよ。おっかさん、安心してくれ。良治が何かをやらかしたわけじやねえんだ」

「はい」

心根の優しい人間でも、切羽詰《せっぱつ》まれば何をやらかすかわかったものではない。

そうした連中を、半四郎は嫌というほどみてきた。

良治が拐かしをやったかどうかは、判然としない。

とりあえず、母親が金貸しの手先から聞いた賭場の所在を確かめ、半四郎は崩れかけた賤《しず》が屋《や》をあとにした。

六

半四郎は約三里の道程を取ってかえし、大宮宿の氷川神社へ向かった。

欅《けやき》の鬱蒼と繁る氷川参道の裏手を進むと、そのむかしは国守の屋敷だったという廃屋がある。地廻りの連中が廃屋を占有し、夜な夜な丁半博打をおこなっていた。

無論、宿場には立派な問屋場《といやば》があり、道中奉行の配下も出入りしている。にもかかわらず、公儀で禁じられた野田賭博が見過ごされている理由は、ほかでもない、賭場や色街を仕切る地廻りが十手も預かっているからだ。

廃屋を見定めたのは夜も更けたころであったが、屋敷の内からは煌々《こうこう》と灯りが漏れ、歓声なども聞こえてきた。

半四郎は小銀杏髷《こいちょうまげ》を鯔背風《いなせふう》に結いなおし、笄《こうがい》を使ってたぼを膨らませた。腰の大小を鞘ごと抜き、木陰に隠す。

六尺豊かなからだと厳《いか》めしい面相は隠しようもないが、旅の商人にみえなくもない。

暗闇に潜んで獲物を待っていると、ちょうどそこへ、懐手《ふところで》の弥蔵《やぞう》をきめた半端者があらわれた。

半四郎は音もたてずに忍びより、男の背後から腕を伸ばす。

八つ手のような掌で、鼻と口を押さえつけた。

「うぐ、ぬぐぐ」

じたばたしても、半四郎の膂力《りょりょく》には抗《あらが》えない。

藪陰まで引きずっていくと、男はおとなしくなった。

「そうだ。静かにしてりゃ、命までは奪わねえ。騒いだら、口を裂いてやるぜ」

脅したついでに、首を締めあげてやる。

「ぐえっ……わ、わかったから、手を放してくれ」

「屋敷に入《へえ》るにゃ、合言葉があるんだろう。そいつを教えろ」

「山《やま》」

「ん、それだけか」

「へい」

「嘘を吐くな。今どき、洟垂《はなた》れでも、山なんて言わねえぜ」

「つづきがありやす。こっちが山と呼びかけると、番人が川《かわ》と応じやす。そのあと、もうひとことありやすんで」

「言ってみろ」

「また山」

「おい、ふざけるんじゃねえぞ」

「ふざけてなんぞおりやせん。山、川、また山ってのが合言葉の流れでして」

「ほんとうだな」

「嘘は申しやせん」

「よし」

　どんと当て身を食わせ、男を昏倒させた。

　手足を素早く縛りあげ、猿轡《さるぐつわ》を塡《は》めて転がす。

半四郎は藪陰から抜けだし、裏木戸を敲いた。

音もなく木戸が開き、強面《こわもて》の番人が鼻を差しだす。

「誰だ、おめえは」

半四郎は、にかりと笑った。

「山」

「川」

「また山」

教わった合言葉を交わすと、何事もなく内へ通された。

敷石を伝って表口へ向かえば、若い衆が揉み手で出迎えてくれる。

「へへ、旅のお客人でごぜえやすね」

「そのとおりだ。わかるのか」

「わかりやすよ。宿場じゃ、みねえ顔だ」

「紅花が商売になると聞いてな、桶川まで足を延ばした帰りだ。ちと、遊ばしてくれ」

「へへ、合点で」

廊下を渡っていくと、盆茣蓙《ぼんござ》の喧噪が近づいてきた。

大広間に踏みこんでも、こちらに目を向ける客はいない。衝立《ついたて》の向こうに控える連中も、さして注意を払わなかった。客はかなり集まっており、みなの目は壺振《つぼふ》りの壺に注がれている。壺の内には丁半博打の賽子《さいころ》がふたつ、白い布の敷かれた盆茣蓙には木札が飛びかっていた。

壺振りが壺を開ける瞬間、部屋全体がぴんと張りつめ、咳払いさえ控えてしまう。壺が開けば一気に緊張の糸は弛み、濛々《もうもう》と立ちのぼる紫煙のなかで勝者の歓声と敗者の溜息が錯綜《さくそう》した。

半四郎は端に座を占め、黒目だけ動かして客の顔を見渡す。

良治らしき優男《やさおとこ》はおらず、期待していただけに気が抜けた。

頰の瘦《こ》けた用心棒が、衝立の隙間からこちらを睨んでいる。

良治の母親が言った髑髏顔の浪人にちがいない。

さりげなく目を外し、半四郎は木札を抛《ほう》った。

「半だ」

自分の名にあやかって、半方《はんかた》に張りつづけてはみたものの、所詮は勝てる見込みのない、いかさま博打である。そうと気づいていながらも、途中から熱くなって歯止めが利かなくなり、仕舞いには路銀をすべて使い果たしてしまった。

「くそっ、おれはとことん博打に向いてねえな」

本心から怒りをぶちまけ、途方に暮れた顔で座りつづけたが、良治らしき男はあらわれない。しばらくすると、鉄火場《てっかば》の仕切りを任されているらしい藪睨《やぶにら》みの三十男が、影のように近づいてきた。

「旦那、いくらか都合いたしやしょうか」

待ってましたと言わんばかりに、半四郎は遊び金を借りた。

そのまま居座りつづけ、明け鴉の声を聞いたのである。

気づいてみれば、客はひとりもいなかった。

人相の悪い連中が四、五人と、髑髏《かんだか》顔の用心棒だけが居残っている。

藪睨みの男がにやにやしながら、疳高い口調で言いはなった。

「おれは左源太《さげんた》ってもんだ。へへ、問屋場をねぐらにしている地廻りでなあ、こうみえても道中奉行さまの信は厚いんだぜ」

左源太は懐中に手をつっこみ、錆《さ》びた十手を抜いた。

半四郎は仏頂面で胡座《あぐら》をかき、相手の喋るに任せる。

「へへ、おけらになっちまったなあ。てめえ、江戸の商人だって。名は」

「名乗ってもいいが、手拭いを一本くれ」

「手拭いをどうする」

「汗を拭くのさ。みろ、強面の兄《あに》さんたちに囲まれて、冷や汗が吹きでてきやがった」

「ふん、妙な野郎だぜ」

左源太に命じられ、乾分《こぶん》のひとりが水玉の手拭いを取りだす。

「すまぬが、濡らしてきてくれ」

「ちっ、我が儘な野郎だ」

ぶつぶつ文句を言いながらも、乾分は手拭いを濡らしてくる。

気になるのは、髑髏顔の用心棒の動きだった。

物腰から推《お》すと、かなりできそうだ。

半四郎は手渡された濡れ手拭いで顔を拭い、さっぱりした顔で応じた。

「おれの名は、半四郎だ」

「莫迦たれ、屋号を聞いてんだよ」

「屋号は八尾屋《やおや》」

「八尾屋だと、ふざけてんのか」

「ふざけちゃいない」

「ふん。野菜売りにゃみえねえけどな。ま、いいや。江戸に店を構えてんだろう。店の沽券状《こけんじょう》を渡せば、命だけは助けてやってもいい」

「渡せぬと言ったら」

「こちらの先生が、膾《なます》に斬り刻むだろうさ」

左源太が顎をしゃくっても、髑髏顔は黙っている。

半四郎はつまらなそうな顔で、焚《た》きつけてやった。

「あんまり、強そうにみえんがな」

「あんだと。若林《わかばやし》先生は富田流の名人なんだぜ」

「富田流なら小太刀か。大きいほうは飾りってわけだ」

「口の減らねえ野郎だぜ。先生、ちょいと遊んでやってください」

「任せておけ」

若林なる名人は一歩踏みだし、小太刀ではなく、二尺五寸ほどの大刀を抜きはなつ。

「ほれよ、こっちも使えるぞ」

「やってみな」

半四郎は蛙《かえる》のように跳ねおき、濡れ手拭いの両端を握るや、ぱんと威勢良く音を鳴らしてみせた。

「虚仮威《こけおど》しか。ぬりゃ……っ」

気合いもろとも、名人が八相《はっそう》から斬りつけてくる。

半四郎は太刀筋を見切り、躱《かわ》すと同時に、濡れ手拭いを下から振りあげた。

蛇《へび》のように伸びた手拭いの先端が、名人の鼻面をぺしゃっと叩く。

「のわっ」

間髪《かんはつ》を容《い》れず、半四郎は踵《かかと》で相手の膝を斜め上から踏みつけた。

――べきっ。

鈍い音が響き、膝が妙な方向に曲がる。

「ぬぎゃあああ」

途轍《とてつ》もない痛みに耐えきれず、用心棒は転げまわった。

左源太と乾分どもは、呆気にとられた顔で眺めている。

「とんだ名人だな。おい、左源太」

半四郎が呼びつけると、十手持ちの小悪党は手揉みをしながら応じた。

「へい。旦那、何でやしょう」

「そこの髑髏野郎みてえになりたくなかったら、こっちの問いに応えな」

「へい、何でもお聞きくだせい」

まるで、人が変わったようだ。

「よし、それでいい。聞きてえのは、良治のことだ」

「え」

あきらかに、動揺の色が浮かぶ。

「やっぱり、知ってやがんな。てめえら、良治を塡めたのか」

「塡めたなんて、そんな」

半四郎はすっと身を寄せ、左源太の首を鷲摑《わしづか》みにする。

「正直に吐け。嫌なら、のどぼとけを潰してやる。胡桃《くるみ》みてえにな」

ぐっと力を入れると、左源太は涙目で頷いた。

「よし、喋ってみろ」

「た、たしかに、良治って野郎を塡めやした。でも、あっしは頼まれてやっただけなんだ」

「誰に頼まれた」

「そいつだけは、堪忍してもらえやせんか」

「無理だな」

「でしょうね。わかりやした。言いやすよ。江戸は神田の地廻りで、鬼瓦《おにがわら》の勘《かん》十《じゅう》っていうおひとです」

「ほう」

鬼瓦の勘十なら、知らぬ名ではない。

玉池稲荷や三光稲荷の氏子《うじこ》でもあり、境内で催される小芝居の金主《きんしゅ》などもやっている。名士気取りの善人顔とはうらはらに、裏では悪事をはたらいているとの噂をよく耳にしていた。

左源太は勘十に数十両の金を手渡され、良治を骨抜きにしてくれと頼まれた。

「何でも、良治って野郎は、江戸で大それたことをしでかしたんだとか」

大それたことの中味も知らぬまま、小悪党は言われたとおりに良治を嵌めた。

巧みに借金を持ちかけ、鉄火場でとんでもない借金をつくらせたのだという。

「まさか、殺ったんじゃあるめえな」

「と、とんでもねえ。良治はちゃんと生きておりやす」

「どこにいる」

睨みつけると、左源太は正直に吐いた。

大宮の色街にある「大菊《おおぎく》」なる見世に預けてあるらしい。

それを聞き、ここにはもう用がないと、半四郎は判断した。

「おい、小悪党、おれのはなしをようく聞け」

「へ、へい」

「良治の借金をちゃらにして、母親のもとに返《けえ》してやれ」

「え」

「できねえってのか」

凄《すご》んでみせると、左源太は渋々ながらも頷く。

「わかりゃいいんだ。あばよ」

半四郎が背中をみせると、左源太がたまらずに聞いてくる。

「あの、旦那はいってえ何者なんです」

「ふっ、そいつは聞かねえほうがいい。おめえなんぞとは格がちがう。それでも聞きてえなら、教えてもいいがな」

見得《みえ》を切る立役のように目を剝くと、左源太はぶるぶるっと首を振った。

膝を折られた髑髏顔の用心棒は、土間の隅で気を失っている。

「雑魚《ざこ》に用はねえ」

半四郎はほど近い色街に立ちより、一路、江戸へ向かった。

七

おすずが拐かされて、三日目の夜になった。

呉服町の天竺屋へ戻ってみると、主人の市兵衛ばかりか、三左衛門とおまつも待ちかまえていた。

おまつは憔悴《しょうすい》しきっているが、どうにか気丈さを保っている。

一方、三左衛門も一睡たりともしていないようで、無精髭《ぶしょうひげ》が伸びていた。

おるりはまだ臥しており、内儀のおとくは看病をしているらしい。

「すみません、天竺屋のご主人。ご迷惑をお掛けして、ほんとうにすみません」

おまつは畳に額《ぬか》づき、市兵衛に謝る。

謝る理由を聞いて、半四郎は驚いた。

「何だと、一千両を払ったってのか」

「はい。八尾さまがお留守のあいだに、また文が届きまして」

金を払ったのは昨夜の丑三《うしみ》つ刻《どき》（午前二時）であった。ところは先回と同じ三光稲荷の一本杉、大きな洞のなかに千両箱を置き、枯れ葉でも載せておけとの指図だった。

「言うとおりにしたのか」

「はい。おすずの命には代えられません」

「莫迦か、おめえは」

「え」

「おれがいねえあいだに、勝手なまねはするなと言ったろうが」

「されど、金さえ払えば娘は返してやると、文にはちゃんと記されてありました。所詮は金、人ひとりの命には代えられない。そう仰ったのは、八尾さまご自身ではありませぬか」

「ちっ、余計なことをしやがって」

「なぜです」

「悪党のことばを真に受けるとは、おめえもよほどめでてえ野郎だな。連中にしてみりゃ、おめえは打ち出の小槌《こづち》だ。図に乗って、もっと搾《しぼ》りとろうとするはずだぜ。こういうもんはな、いちど払っちまえば仕舞いなんだよ。天竺屋は身代が傾くまで、毟《むし》りとられるだろうさ」

「八尾さま、お待ちください」

と、おまつが横から口を挟む。

「天竺屋さんを責めるのは、おやめください。おすずの命を助けるために、やっていただいたことなのです」

「おまつさんに言われちゃ、黙るしかねえな」

と、そのとき。

襖がすっと開き、おとくが般若《はんにゃ》の形相《ぎょうそう》であらわれた。

「おすずのために、一千両も散財したんだ。金輪際《こんりんざい》、何もしてあげられないよ。わかったかい、おまつ」

「は、はい。すみません、ほんとうに……すみません」

畳に額を擦りつけるおまつのすがたが痛々しい。

三左衛門は腕を組み、じっと押し黙っている。

方々手を尽くして捜してはいるが、行く先の手懸かりすら摑めていないのだ。

半四郎はふうっと息を吐き、充血した眸子を怒らせた。

「やっちまったことは仕方ねえ。おまつさん、心配《しんぺえ》するな。おすずはかならず、みつけだしてやる」

「八尾さま」

「おれは桶川と大宮をまわって、悪党の尻尾《しっぽ》を摑んできた」

「え、それじゃ」

「目星はついたさ。たぶん、その野郎を追いこめば、おすずの行方はわかる」

「ほんとうですか」

「ああ。もう少し待ってくれねえか。おすずはきっと、命に代えてでも救いだしてやるからな」

「お、お願いいたします」

一睡もしていないわりには、妙に頭が冴えている。

半四郎は三左衛門をともない、神田平永町《ひらながちょう》へ向かった。

八

同夜。

八《や》ツ小路《こうじ》に近い平永町の蛤新道《はまぐりしんみち》沿いに、鬼瓦の異名を持つ勘十の見世はある。

神田一円に幅を利かせる地廻りのひとりだが、裏にまわればあくどい高利貸しにほかならず、宮地芝居や影富《かげとみ》の金主などもやっていた。

面識はないが、噂には聞いている。

勘十は海千山千《うみせんやません》の男で、奉行所内にも手懐《てなず》けた役人が何人かいるようだった。

――じゃー、じゃー。

夜も更けたというのに、どこかで懸巣が鳴いている。

おもったとおり、人目を避けて金を借りにくる客のために、裏口は開いていた。

「ちょいと、邪魔するぜ」

半四郎と三左衛門が敷居を跨ぐと、人相の悪い五人の男が一斉に目を向ける。

「雑魚に用はねえ。勘十を呼べ」

「あんだと、こら」

こちらが十手持ちだとわかっても、図体の大きい若僧が肩を怒らせながら近寄ってくる。

「寄るな。雑魚に用はねえと言ったろうが」

「うるせえ。不浄役人なんざ、恐くねえぞ」

「粋がるんじゃねえ」

半四郎は、大股で一歩踏みだした。

前触れもなく、二本の指を突きあげ、若僧の鼻の穴にずぼっと差しこむ。

「ぬがっ……い、痛え」

指を突きあげると、若僧は爪先を宙に浮かせた。

ほかの連中が身構えたところへ、鬼瓦がのっそりあらわれた。

「旦那、そのへんにしといてくださいよ」

「勘十か」

「へい」

「綽名どおりの鬼瓦だな」

指を抜くと、若僧は土間に転がった。

鼻血を垂らしながら、三白眼《さんぱくがん》で睨みつける。

半四郎は屈み、若僧の着物に指を塗りたくった。

「ふう、汚ねえ汚ねえ」

勘十が、でっぷり肥えた腹を突きだす。

「旦那はたしか、八尾さまでしたね」

「おうよ。定町廻りの八尾半四郎だ。おめえにゃ、袖の下を貰ったことがねえな」

「袖の下の効かぬお方と聞いておりますが」

「ふん、口の減らねえ野郎だ」

「いったい、何の御用です」

「天竺屋の手代は知ってるな」

「え」

「とぼけるんじゃねえ。良治だよ。おれはこの足で桶川くんだりまで行ってきたんだぜ。大宮の問屋場に十手を預かる小悪党がいてな、名は左源太といったか。そいつを搾りあげたら、おめえの名を吐いたのよ。やい、勘十。てめえ、左源太に金を渡し、良治を骨抜きにしろと命じたそうじゃねえか」

「忘れましたね。そんなことは」

「おっと、そうきたか。浅間さん」

呼びかけると、後ろに控えた三左衛門が黙って上がり端に近づいた。

「うっ、何でえ、おめえは」

乾分《こぶん》どもが、および腰で口々に叫ぶ。

三左衛門は、静かに小太刀を抜いた。

土間を蹴り、ふわっと舞いあがるなり、白刃を一閃《いっせん》させる。

「ひゃっ」

乾分どもが悲鳴をあげた。

三左衛門は土間に降りたち、小太刀を鞘に納める。

と同時に、乾分の髪がぱらりと肩に落ちた。

しかも、ひとりではない。

三人の乾分が元結《もとゆい》を切られ、ざんばら髪になった。

「ちっ」

勘十は、舌打ちをする。

「旦那、いってえ、良治の何が知りてえんです」

「ふふ、喋る気になったか。良治のことなんざ、どうだっていい。おれが知りてえのはな、拐かされた娘の行方だよ」

じっと睨みつけても、勘十は眉ひとつ動かさない。

さすがに、修羅場を踏んできただけのことはある。

「何のはなしだか、あっしにゃさっぱり」

勘十は、巧みにしらを切った。

「そうやって、とぼけてりゃいいさ。だがな、ひとつだけ教えといてやる。拐かされたな、天竺屋の箱入り娘じゃねえ。下女奉公のおすずっていう娘だ。箱入り娘は琴の稽古が嫌《きれ》えでな、通い稽古のたびに下女と着物を取り替えていたってわけさ。てめえが、もし、拐かした連中を知っているなら、こう伝えておけ。娘の命を取ったら、生かしちゃおかねえ。その場で膾斬《なますぎ》りにしてやるとな」

「旦那、物騒なことはいいっこなしですぜ。町奉行所のお役人が、めったやたらに白刃を振りまわしていいんですかい」

「刀を抜くのは、おれじゃねえ。こちらのおひとさ。みただろう。腕前は折り紙付きだぜ。なにせ、上州じゃ知らぬ者のねえ富田流小太刀の名人だ。おめえの寝首を掻くことなんざ、朝飯前なんだよ」

「わからねえな。どうして、あっしがそちらの名人に斬られなきゃならねえんです」

「知りてえか。こちらはな、拐かされた娘の父親なのさ」

「え」

勘十は、ごくっと唾を呑む。

「なあ、鬼瓦の親分さんよ。わるいことは言わねえ。娘を素直に帰《けえ》すことだ」

「旦那、拐かしだの何だのと、あっしにゃさっぱりわけがわかりやせんぜ。良治のやつは、とある見世の帳場から金をくすねて逃げたんだ。それでね、あっしは灸《きゅう》を据えてほしいと頼まれたんですよ」

「誰に」

「誰だっけなあ。たしか、その辺りにある女郎屋の親爺だったかもしれねえ」

「口から出まかせを言うと、承知しねえぞ。女郎屋の親爺は、てめえじゃねえか」

「あっしが拐かしに関わっているという証拠でもあるんですかい。当てずっぽうで仰っているようなら、こっちにも考えがありやすぜ。こうみえても、南町奉行所に顔は利くんだ」

「ほざいてな」

半四郎は三左衛門をともない、鬱陶《うっとう》しい見世を出た。

「あれだけ突っついてやれば、鬼瓦は動くだろう」

どうやら、それが半四郎の狙いだったらしい。

「八尾さん、やつが拐かしをやったという確信は」

「ある。だが、どうもすっきりしねえ」

「ほう」

「鬼瓦はああみえて、慎重な男だ。そいつがどうして、拐かしなんぞという危ねえ橋を渡ったのか」

「かならず上手《うま》くいく。そうした見込みがあったからだ」

「そこだ。どうして、天竺屋の娘なら、上手くいくと考えたのか」

「なるほど、たしかに引っかかりますね」

「まだ、役者が足りねえ」

「なるほど」

「とりあえず、勘十を張りこもう」

ふたりは肩を並べ、見世から死角となる物陰に潜む。

居場所を定めた途端、半四郎は泥のように眠りこんだ。

九

四日目の早朝。

薄靄《うすもや》のたちこめるなか、鬼瓦の勘十は動いた。

「ひとりか」

怪しいと察し、気づかれぬようにあとを追う。

勘十は柳橋の船着場に降り、屋根船を拾った。

慌てずに、こちらも十手にものをいわせて小舟を仕立てる。

屋根船は大川を悠々と南下し、さほど時を経ずに芝浜《しばはま》へ到達した。

屋根船を降りた勘十が向かったのは、浜辺にへばりつくように建つ船宿である。

「妙なところに来やがったな」

どうやら、船宿の二階では、誰かが待っているらしかった。

半四郎と三左衛門は、縄手《なわて》に沿って植えられた松林から様子を窺った。

吹きよせる潮風が心地よく、本来の役目を忘れそうになる。

四日目になっても、おすずの消息は判然としないものの、どこかでかならず生きているという確信めいたものはあった。

半四郎は、ぽつりとつぶやく。

「おれには、おすずの鼓動《こどう》が聞こえる」

「え」

「神仏だって、おすずを死なせるような莫迦なまねはしねえさ」

「八尾さん、あなたにはつくづくお世話になった。何と御礼を言ったらいいか」

「まだ終わっちゃいねえ。敵の正体を暴《あば》くのは、これからですよ」

そうした会話を交わしていると、勘十が船宿から出てきた。

「ひとりか」

船着場に向かわず、芝橋《しばばし》のほうへ歩きはじめる。

「八尾さん、わたしが追ってみよう」

「頼みます」

三左衛門は、鬼瓦の背中を追って消えた。

残された半四郎は、連れが出てくるのを待つ。

しばらくして、痩せて背の高い女があらわれた。

歳は若そうだが、白粉が濃すぎて、素顔はわからない。

にもかかわらず、どこかで目にしたような気がした。

思い出せない。

ともあれ、半四郎は跟《つ》けた。

女は船着場へ降り、しばらく佇んでいたが、二艘《にそう》の小舟が舳先《へさき》を入れてくると、そのうちの一艘に乗りこんだ。

半四郎もあとを追い、もう一艘の小舟に乗って追走する。

流れに逆らって大川を遡上《そじょう》し、到着したさきは、何のことはない、柳橋の船着場にほかならなかった。

女は柳腰をしならせながら、両国広小路《りょうごくひろこうじ》の喧噪を横切り、初音《はつね》の馬場をぐるりと巡って神田橋本町《はしもとちょう》へ向かう。

町のまんなかに、大銀杏《おおいちょう》で知られる銀杏稲荷があった。

女の背を追って鳥居を潜ると、ちょうど小芝居の興行があるらしく、大勢の見物人で賑わっている。

「ちっ、邪魔くせえな」

半四郎は人の波を掻きわけ、苦労しながら進む。

一方、女は滑らかな絹のように、人の狭間《はざま》を縫っていく。

あっというまに、半町余りも置いていかれた。

「くそっ、退《ど》いてくれ」

女が遠くで、妙な動きをしてみせる。

商家の旦那然とした男に近づき、擦れちがいざま、財布を掏ってみせたのだ。

「あっ」

半四郎は眸子を剝き、人垣を押しのけた。

女は平然とした顔で、こんどは箱入り娘の背後にまわり、高価な鼈甲簪《べっこうかんざし》を抜いてみせる。

掏摸《すり》なのだ。

しかも、年季が入っている。

半四郎は、ぴんときた。

「あの女だ」

おるりの袖に文を落としたのは、あの女にちがいない。

「くそっ、邪魔だ。どきやがれ」

半四郎は裾を捲り、だっと駆けだす。

そこへ。

すっと、煤竹《すすだけ》が差しだされた。

「うはっ」

毛臑《けずね》を引っかけ、頭から落ちていく。

甃《いしだたみ》で肩をしたたかに打ち、半四郎は顔をゆがめた。

「わあああ」

洟垂れどもが歓声をあげ、鳥居のほうへ逃げていく。

「はは、引っかかった。同心が引っかかったぞ」

歓声は鳥居を抜け、風のように遠ざかっていった。
顔をあげても、女はいない。
「くっ、どこに行きやがった」
周囲の連中は半四郎を巧みに避け、本堂の向こうへ急ぐ。
まるで、突きでた岩を避けて流れる奔流《ほんりゅう》のようであった。
ちゃんちゃか、ちゃんちゃか、角兵衛獅子《かくべえじし》のお囃子《はやし》が聞こえてくる。
半四郎は立ちあがり、埃を払って歩きだした。
参道を外れ、導かれていったさきには、舞台が組まれている。
すでに、大勢の客が取りまいていた。
みな、期待に胸を膨らませている様子だ。
小柄な男が舞台の袖からあらわれ、口上を述べはじめる。
「はてさて、今宵の演目は変幻自在の七変化、お染久松色読販《そめひさまつうきなのよみうり》にございます。
当代一の人気者、座長新三郎の艶姿、とくとご覧《ろう》じあれ」
「新三郎だと」
派手な桜色の幟《のぼり》には「新三郎一座」とある。
かぶりつきに座った途端、緞帳《どんちょう》が切っておとされた。

「もしもし、ゆすりがましい。これ、身分はしがねえが、ゆすりたかりをするようなわっちじゃねえよ。山谷《さんや》に住まったそのときは、小見世の客を引手茶屋《ひきてぢやや》、土手のお六といわれちゃあ、ひやかし手合いにたて引いたが」

有名な油屋の場、その日暮らしのお六が身内を殺した対価を払わせようと、強請《ゆす》りにいったときの口上だ。

やにわに山場を持ってくるところが、小芝居のよいところでもある。

そういえば、お染七役で大当たりをとったのは、目千両《めせんりよう》と評された五代目岩井半四郎《いわいはんしろう》だった。女だてらに悪事をはたらく悪婆《あくば》のお六役を根付かせ、上演するたびに大当たりをとった。

名が同じというだけではあったが、半四郎は不思議な因縁《いんねん》を感じざるを得ない。

新三郎は堂々と、そして艶やかに舞い、変化の切れ味も鋭く、役を演じている。

半四郎はかぶりつきに座り、食い入るようにみつめた。

舞台のうえから、新三郎も目を合わせてくる。

艶然《えんぜん》と微笑み、こちらの心を掻き乱す。

「くそったれ、おれは何をしてんだ」

掏摸の女に導かれ、やってきたのは銀杏稲荷。黄葉《こうよう》しはじめた大銀杏を背に抱え、舞台狭しと踊る緞帳役者に魅せられつつ、半四郎は焦りを募らせた。

「おすず、いってえ、どこにいる」

そばにいるような気もするが、それがどこかはわからない。

「おすず」

半四郎の悲痛な叫びは、陽気なお囃子の音色に掻き消されていった。

十

遠くでお囃子が聞こえ、おすずは目を醒ました。

目隠しをされているので、目を開けることができない。

目覚めているという感覚はあるものの、今もまだ河童に引きずりこまれた沼の底を彷徨《さまよ》っているような気もする。

逃げる気力もないのに手足を縛られ、喋るのも億劫《おっくう》なのに猿轡を填められていた。

どのくらいのあいだ、こうしているのか。

わからない。

昼と夜の区別もつかなかった。

窮屈だが、乱暴をされたわけでもないし、こうして生きているのでよしとしよう。

食べ物もきちんと与えられている。白米の握り飯に梅干しと香の物、それと冷めた蜆《しじみ》の味噌汁だ。しばらくはのどを通らなかったが、何度目かで慣れた。

最初から、ここに閉じこめられていたわけではない。気づいたときは川縁《かわべり》にいた。

おそらくは、水車小屋だ。目隠しをされていたが、そのくらいは察しがつく。

つぎは海のそばだった。潮風の匂いを嗅いだ。

さらに、転々と場所を変えられたが、そのたびにお囃子の音色を聞いた。

荒れ寺の御堂であろうか。

それとも、使われていない蔵屋敷であろうか。

詮無いこととは知りつつも、想像を膨らませた。

食事を運んでくるのは、若い町人だった。

奉公人でもなければ、行商でもなく、強いていえば、遊女屋の雑用をこなす消《け》し炭《ずみ》のような男だ。
顔を隠すでもなく、縄を解いてくれ、食事が済むまで屈んで待っていた。
ひとことも喋らず、ただじっとみつめている。
目力《めぢから》が強いので、みつめられるのが苦痛だった。
「ここはどこ。わたしは助かるの」
問いかけるたびに、しっ、と鋭く制された。
男は撫《な》で肩《がた》で痩せており、切れ長の眸子で流し目を送ってくる。
そのたびに、おすずはどきりとした。
そして、微かに白粉の匂いを漂わせている。
男なのに、どうしてだろうと不思議におもった。
知らないはずの相手なのに、知っているような気もする。
「どうして」
ふと、おるりの笑顔を思い出した。
おるりの身代わりにされたことはわかっている。
今頃、どうしているのだろうか。
心配してくれているのか。

おすずは振り袖を脱がされ、中着《なかぎ》のままで繋がれていた。

そういえば、おるりはおもいきって新三郎の楽屋を訪ね、はなしをしたことがあると自慢していた。自分が天竺屋の娘であることを告げたが、新三郎は笑って取りあわなかったという。

なぜ、そんなはなしを思い出すのか。

おすずにはわからない。

気づいてみれば、お囃子は聞こえなくなり、ぎっと重い扉が開く音がした。

微かな白粉の匂いとともに、誰かの気配が迷いこんでくる。

あのひとだ。

身構えたところへ、男の澄んだ声が聞こえてきた。

「握り飯を持ってきたわけじゃない」

お玉ケ池で耳にした嗄れた声ではない。

男はそばに近づき、吐息を吹きかけてくる。

おすずは、身を捻った。

「安心おし。いたずらはしないよ。ふふ、そんな趣味はないからね」

するっと、縄を解かれた。猿轡も外されたので、おすずはふうっと息を吐いた。

「驚いたかい。可愛い顔をしているね。おまえが天竺屋の娘じゃないってことは百も承知さ」

目隠しだけは外してもらえず、その場に立たされた。

男は紬の振り袖を手に取り、上手に着付けをしてくれる。

「おるりなんぞより、おまえのほうが綺麗だよ。名は何ていうんだい」

「すず」

「へえ、いい名じゃないか」

褒めながら、濡れた布で顔を拭いてくれる。

「鬱陶しいだろう。でも、もう少しの辛抱《しんぼう》だよ」

もしかしたら、助けてもらえるのだろうか。

「こっちの一存じゃない。上からの指図さ」

おすずは手首を握られ、引っぱられた。

押しこめられた穴蔵から出されると、涼やかな風に頬を撫でられる。

嬉しかった。

ようやく、陸《おか》に戻った気分だ。

「月が綺麗だよ」

と、男はつぶやく。

夜なのかと、おすずはおもった。

しばらくのあいだ、草叢《くさむら》のようなところを歩いた。

いったい、どこに連れていかれるのだろう。

枝がさわさわ揺れている。

柳か。

水辺なのだ。

ふっと、手首を放された。

「しゃがみな」

言われたとおりにする。

「千まで数えたら、目隠しを取ってもいいよ」

え、どういうこと。

胸の裡《うち》で問いかけながらも、言われたとおりに数えはじめる。

「一、二、三……」

百を過ぎたところで、異様に眠くなってきた。

白粉の芳香も、男の気配も、いつのまにか消えていた。

十一

町木戸の閉まる亥《い》ノ刻（午後十時）が近づいている。

——うおおん。

山狗の遠吠えを聞いたような気がして、半四郎は首を縮めた。

おまつは日没前から天竺屋のまえに佇み、おすずの帰りをじっと待ちつづけている。

「可哀相に」

半四郎は三左衛門を誘い、蕎麦屋台の暖簾《のれん》を振りわけた。

「浅間さん、心配するな。おすずはきっと帰《けえ》ってくる」

「ええ、わかっています」

帰ると信じて、待つよりほかにない。

「親爺、熱燗と掛けだ」

「へえい」

三左衛門は屋台の内に入っても、おまつのことを気にしている。

半四郎が強引に誘ったのは、一連の出来事を整理したいためだ。

「仙三に調べさせたら、鬼瓦のやつには情婦《いろ》がいやがった」

情婦の正体を知ったとき、すべての謎がはらりと解けたような気がしたのだ。

「浅間さん、こいつは狂言だ。わかってみりゃ、何のことはねえ、下手な小芝居の筋書きと大差なかった」

熱燗と掛け蕎麦が出てきた。

「まあ、一杯」

注いでやっても、三左衛門は口を付けようとしない。

半四郎は安酒で舌を濡らし、ゆっくり喋りはじめた。

「勘十は芳町《よしちよう》や花房町《はなぶさちよう》辺りに足繁《あししげ》く通い、男娼を買っていた。情婦ってのは誰あろう、新三郎のことなんだ」

「え。おるりが首ったけの女形ですか」

「そのとおり」

「ひょっとして、芝浜の船宿で待っていた女というのも」

「化粧はやけに濃かったが、新三郎にちがいねえ。おれとしたことが、まんまと騙された。しかも、新三郎はただの情婦じゃなかった。裏の顔がある」

「というと」

「掏摸だった」

おるりの袖に文を落としたのも、良治の懐中から五両を掏ったのも、おそらくは新三郎の仕業だろうと、半四郎は確信を込めて言う。新三郎は化けるのが得意なので、おるりは気づけなかったにちがいない。

「おるりに裏を取りましたよ。あの娘、一座の楽屋を訪ね、新三郎に会ったことがあるそうです」

おるりは大店の娘という素姓を明かし、女形に悩み事をひとつ打ち明けた。

「悩み事、それは」

「義父、市兵衛の癖《へき》だそうです」

「癖」

「ええ。市兵衛にもどうやら、男色《なんしょく》の気《け》があるらしい」

「ほう、あのご主人が」

番頭のころから、蔭間茶屋《かげまぢゃや》に通っていたという。

じつは、手代の良治も舐めるように可愛がられ、他の奉公人に聞いても、ふたりの親密さは尋常なものではなかった。

「良治が大宮で押しこめられた大菊という見世、調べてみたら蔭間茶屋でしたよ」

内儀のおとくも、市兵衛の癖に気づいたが、世間体もあるので黙認していた。おそらく、陰で悪態でも吐いていたのだろう。それを、おるりが耳にしてしまった。

「母親の悩みを、自分のことのように感じていたのかもしれねえ。そいつを、いちばん聞かせちゃならねえ相手に聞かせちまった」

「新三郎か」

おそらく、すべてはそこからはじまったのだと、半四郎は推測する。

新三郎は鬼瓦の勘十とはかり、市兵衛を誑《たら》しこもうと画策したのだ。

「美人局《つつもたせ》ですよ。莫迦な市兵衛はちょいと粉を掛けられ、その気になった。新三郎の誘いに乗って、褥《しとね》をともにしたところへ、勘十が怒鳴りこみ、脅しを掛けるっていう筋書きだ」

ところが、あてが外れた。蔵の鍵を握るのは、内儀のおとくである。おとくがうんと言わぬかぎり、天竺屋からは鐚一文《びたいちもん》も出てこない。

「そこで、とんでもないことをおもいついた」

「拐かしですね」

「市兵衛のほうから案を出したのかもしれねえと、おれは睨んでいる」

「ということは、絵の半分は市兵衛が描いた」

「狂言と言ったのは、そこですよ」

「なるほど」

万が一のため、悪党どもは、哀れな良治を下手人に仕立てあげようとした。

新三郎に命じて、良治から五両を掏らせ、天竺屋を辞めざるを得なくさせた。

そのせいで墓穴を掘ることになるのだが、どっちにしろ、良治は骨抜きにして生かしておく腹だったにちがいない。

天竺屋市兵衛が仲間なら、企《くわだ》ては失敗するはずもなかった。

鬼瓦の勘十は効率よく大金を得るべく、拐かしを実行した。

ところが、ここで、ふたつ目の誤算が生じる。

勘十がおるりとおすずを間違えてしまったのだ。

それと気づいた市兵衛は、つぎの一手を打った。

「このおれだ」

と、半四郎は眉間に皺を寄せる。

「市兵衛は考えぬいたすえ、おれに内儀を説得させ、大金を捻りださせるという賭けにでた。つまり、おれは知らぬ間に、とんだ役まわりを引きうけちまったってわけです」

内儀のおとくは渋々ながらも承知した。悪党どもは一度目は様子を窺い、かもじをおすずの髪にみせかけて送ったりもしてきたが、仕舞いにはまんまと大金を手に入れたのだ。

「金さえ手にすれば、おすずに用はない。おすずはきっと、生きて帰ってくるはずだ」

「市兵衛は何もなかったような顔で、おすずを出迎えるのでしょうね」

「そうは問屋が卸《おろ》さねえ。悪党はひとりのこらず縄を打ち、小伝馬町の牢屋敷へ送ってやる」

「八尾さん。しかし、市兵衛に縄を打ったら、天竺屋はどうなります」

「さあて。世間から非難囂々雨霰《ひなんごうごうあめあられ》、しばらくは商売どころのはなしじゃあるめえが、潰れやしねえとおもいますよ」

「なぜです」

「内儀があれだけしっかりしていますからね。雨降って地固まるの譬《たと》えどおり、しばらくはたいへんだろうが、いずれ客は戻ってくるにちげえねえ」

「八尾さんがそう仰るなら、たぶん、そうなるでしょう」

「我が儘な箱入り娘も、ちょいと苦労を味わったほうがいい」

「仰るとおりだ」

ふたりは何気なく、暖簾の外に目をやった。

あいかわらず、おまつは影のように佇んでいる。

半四郎は、ずるずるっと蕎麦をたぐった。

「夜鷹《よたか》だな、あれじゃ」

「おすずのことだから、たぶん、長屋へは戻らず、迷惑を掛けた天竺屋のほうへ、まっさきに帰ってくる。そう、おまつは踏んでいるのですよ」

「母親だな。さすがに、よくわかっている」

「わたしが弱気なことを言ったら、叱りつけられました。おすずはきっと帰ってくる。帰ってきたら、まっさきに、温かい味噌汁を呑ましてやりたい。おすずの好きな千六本《せんろっぽん》の味噌汁を呑ましてやりたい。おまつは涙を怺《こら》えながら、そう言いました」

「お、浅間さん、あれを」

おまつが、だっと駆けだした。

向かうさきの四つ辻をみやれば、紅白地の振り袖を着くずした娘が、ふらつく足取りでやってくる。下駄も履《は》いておらず、裸足《はだし》のようだ。

「おすず」

半四郎と三左衛門も、屋台から飛びだした。

おまつは必死に駆け、蹴躓《けつまず》いて地べたに転ぶ。

「おっかさん」

おすずが叫び、裾をからげて駆けてきた。

顔をあげたおまつは、額を擦りむいて血を流している。

それでも、両手をひろげ、娘の名を呼んだ。

「おすず、こっちに来な」

娘は駆けつけ、母親の胸に飛びこんでくる。

「おっかさん……ごめん、ごめん」

ぽろぽろと涙をこぼし、必死にしがみつく。

「いいんだよ。何も言わなくていいんだよ」

おまつは優しく微笑み、おすずの頭を撫でまわす。

半四郎と三左衛門は足を止め、抱きあう母と娘をみつめた。

じゅるっと洟水《はなみず》を啜《すす》りあげ、半四郎は笑いだす。

「ふへへ、さあて、ひと仕事するか。市兵衛の口書《くちがき》を取らにゃならん」

「八尾さん、かたじけない」

三左衛門は拳を固め、深々と頭を垂れた。

おまつとおすずも気づき、半四郎の大きな背中に両手を合わせる。

夜空を仰げば、眠ったような月が輝いていた。

通りの端には、蕎麦屋台の湯気が舞っている。

「おっかさん、お腹《なか》空いた」

おすずが、ぽろりと漏らした。

十二

立冬《りっとう》から八日も経つと、紅葉《こうよう》が山から里へおりてくる。

葉を落としはじめた枝に深紅の実を結んでいるのは、梅もどきであろうか。

道端には人知れず寒すみれが咲き、無数の綿虫《わたむし》が雪のように舞っている。

おすずは、豪華な振り袖を纏ったおるりの背に従い、新しい気持ちで藍染川の土手を歩いていた。

心が軽い。弾むようだ。

もはや、禍々《まがまが》しい懸巣の声は聞こえてこない。

お玉ヶ池に棲息する河童の正体は、鬼瓦の勘十という悪党だった。

勘十も女形の新三郎も、そして、下手な狂言をおもいついた市兵衛も、悪党たちはみな、こぞって牢屋に繫がれた。

何といっても、おまつに隠し事をしなくてもよいことが嬉しい。

数日前、奇蹟が起こった。

おるりといっしょに、琴を習ってもよいとの許しが出たのだ。

「恐いおもいをさせた罪滅ぼしだよ」

と、内儀のおとくは言ってくれた。

微笑んだ顔をみたのは、はじめてのことだ。

おとくの笑顔を目にできただけで、おすずは感極まってしまった。

当然、女中奉公もできなくなるとおもっていたし、おまつからも覚悟を決めておくようにと言われていた。なかば、あきらめていたところへ、おとくが心の広さをみせてくれたのである。

だ。

「ああ、気が重い。一からおさらいだよ」

おるりが下駄のさきで、石ころを蹴った。

石ころが転がったさきは土手の薄野、ふたりでいつも着替えをしていたあたり
「うふふ、また着替えようか」

いたずら半分に、おるりが言った。

おすずはしっかり首を振り、申し出を拒む。

「嘘よ。もう、二度と莫迦なことはしないって、おっかさんに誓ったんだもの。それにわたし、もう、小芝居なんてどうでもいいわ。役者なんて嫌いよ。わたし、十手持ちのほうがいいの」

「十手持ちって」

おもわず、おすずは身を乗りだす。

「うふふ、下っ端じゃないわよ。そうね、八尾半四郎さまのような方がいいわ。粋な小銀杏髷に黒羽織、腕っ節はめっぽう強いが、女にはからっきし弱い。そんな同心がいいわ。この際、年の差なんてどうでもいいし」

おすずは心配になり、ぎゅっと胸を摑んだ。

懐中には、半四郎から貰った安物の紅猪口が忍ばせてある。

桶川宿に行ったおり、わざわざ、土産に買ってきてくれたのだ。

もちろん、半四郎には菜美というお方があることは知っている。

それでも、おるりの気持ちがわかるような気もする。

いつかきっと、優しくて強くて、自分を命懸けで守ってくれるような相手にめぐりあいたい。

おすずはそんなことをおもいながら、川風の吹きぬける紅葉の道を歩いていった。

福《ふく》来《らい》

一

神無月《かんなづき》二十日は恵比須講《えびすこう》、表通りの商家には「千両万両、さあ、買った買った」などと、賑やかな掛け声が飛び交う。空の千両箱を山と積みあげ、鯛《たい》を抱えた恵比須像を上に置き、木椀に飯を高く盛って供え、親類縁者相集《あいつど》って競《せ》り売りの真似事をしながら商売繁盛を願うのだ。

小雪《しょうせつ》の暦《こよみ》どおり、この日を過ぎると肌寒さはいっそう増し、江戸の町が師走《しわす》に向かって枯れいそぐようになる。

寒風の吹きぬける不忍池《しのばずのいけ》の汀《みぎわ》も、枯蓮《かれはす》に覆《おお》われていた。

半四郎は朽ち葉を踏みしめ、池之端七軒町《いけのはたしちけんちょう》の自身番《じしんばん》までやってきた。

ほかの自身番と同様、四つ辻の南角に面しており、引き違いの腰高障子《こしだかしょうじ》には太字で「七軒町」とある。北へ抜ける道が紅葉《もみじ》で知られる休昌寺《きゅうしょうじ》の参道なので、土地の者は親しみを込めて「紅葉番屋」と呼んだ。

紅葉番屋の主は彦蔵《ひこぞう》といい、長屋の貧乏人たちからも慕われる好々爺《こうこうや》だが、そのむかしは熊笹《くまざさ》の異名で鳴らした腕利きの岡っ引きだった。

半四郎も駆けだしのころから知っている。世話にもなった。

伯父の半兵衛とは将棋仲間で、六年前に一人娘のおみよが祝言をあげたときは、ともにみなで祝杯をあげた。気丈でお節介《せっかい》焼きだった女房のおたねは、ずいぶんまえに亡くなったと聞いている。鴛鴦《おしどり》夫婦だったらしいが、本人はおもいだしたくもないのか、はなしたがらない。

玉砂利《たまじゃり》を踏みしめると、腰高障子が内からすすっと開いた。

間抜け面をみせたのは「ぐず六」の綽名で呼ばれる清六《せいろく》だ。

図体の大きさに応じて、所作も頭の回転も鈍い。捨て子だったというが、運良く彦蔵に拾われ、実子も同然に育てられた。彦蔵の言いつけなら、何でも聞く。

その清六が口に唾《つば》を溜めながら、半四郎の袖を引いた。

上がり框《かまち》の向こうは三畳間で、膝隠しの衝立《ついたて》が置いてある。

ちょこんと座った小太りの彦蔵が、皺顔に笑みを浮かべて会釈した。

「旦那、清六にはわかる。玉砂利を踏む音を聞けば、善人か悪人かの区別がたちどころにつくんですよ」

「おれはどっちだい」

「ご安心を。旦那が悪人のはずはない。ささ、どうぞ。淹《い》れたてのお茶でも召しあがってくだされ」

「ふむ」

半四郎は大刀を鞘ごと抜き、上がり框に片尻を置いた。

こうして、五日に一度は立ちより、世間話をするのを常としている。

「寝込んだってはなしを聞いたが、からだの調子はどうだい」

「ご覧のとおり、ぴんしゃんしておりますよ」

「そいつはよかった。熊笹のとっつぁんに逝《い》かれたら、淋しくてしょうがねえや」

「畳のうえで死ねたら本望ですがね、このところは物騒なはなしばかりで。白昼の辻強盗《つじごうとう》に辻斬り。いいえ、それだけじゃありません。何と、番屋を襲う不届《ふとど》きな連中もおるとかで」

「さすがに、早耳だな。そいつはまだ、おおやけにしちゃならねえはなしだ」

自身番が襲われたとあっては、お上の沽券《こけん》にもかかわる。

「いったい、そいつらの狙いは何なんでしょう」

「どうやら、頼母子講《たのもしこう》の預かり金らしい」

「なるほど、神仏をも恐れぬ所業ですな」

「神無月だからかもしれねえ。八百万《やおよろず》の神々が出払った隙に、好き放題なことをやっていやがるのさ」

「だとすれば、罰当《ばちあ》たりにもほどがある。旦那、無頼漢どもの手懸かりは」

「今のところはねえ。やられたのは、湯島《ゆしま》の番屋だ」

「死人は出たのですか」

「ああ、家主と店番《や》が殺られた。とっつぁんも気をつけたほうがいいぜ」

「わざわざ、そのことをご忠告にみえたので」

「まあな」

「ありがたい。廻り方のなかでもぴかいちの旦那が、くたびれた爺のことをご案じくださるなんて」

「あたりめえだ。おめえにゃ、尻の青いころから世話になっているからな」

彦蔵は眦《まなじり》をさげ、天井に目をやった。

「へへ、あのころが懐かしい。娘のおみよがまだ、九つか十のころですよ」

「そういや、おめえ、おみよの亭主を追いだしちまったらしいな。ひょっとしたら、そいつを気に病んで、からだをこわしたんじゃねえのかい」

「旦那にゃかないませんや」

「やっぱりな。どうしてまた、追いだしたりしたんだ。おみよが駆け落ちするとまでいって、いっしょになった相手だろう」

彦蔵は、ふうっと息を吐いた。

「旦那もご存じのとおり、勘助《かんすけ》は腕のいい左官なのですが、宵越しの金を持ったことがありやせん」

「宵越しの金は持たねえってのは、江戸っ子の鑑《かがみ》じゃねえか」

「たしかに、性根《しょうね》のわるい男じゃない。ただ、酒癖がわるすぎます。酒を喰《くら》って暴れては娘に手を上げやがって、あの野郎。母親が殴られるところを、可愛い孫にだけはみせたかねえ。どんな理由があろうとも、女に手を上げる野郎は許せねえ」

地金をさらす元岡っ引きの迫力は、なかなかのものだ。

「なるほど、それで追いだしちまったのか」

「娘にゃ恨まれましたがね」

「亭主の行き先は」

「さあ」

彦蔵はとぼけてみせたが、たぶん、調べはついているのだろう。

「勘助は、おれも知らねえ相手じゃねえ。酒さえ過ぎなきゃ、真面目で気の弱《よえ》え男だ。何といっても、おみよに心底惚れている。そのうち、我慢できなくなって詫《わ》びを入れにくるだろうさ。とっつぁん、そんときは許してやんな」

「旦那にそう言われたら、仕方ありませんや、ふふ」

彦蔵は口をすぼめて笑い、恥ずかしそうに胡麻塩頭《ごましおあたま》を掻いた。

と、そこへ。

頭のてっぺんだけ剃った幼子《おさなご》が、風のように駆けこんできた。

「じっちゃん」

「お、来たか、勘太郎《かんたろう》」

孫だ。

彦蔵は幼子を抱きよせ、嬉しそうに頬ずりしてみせる。

「旦那、来月はこいつの袴着《はかまぎ》なんで」

「そりゃ楽しみだな」

「孫だけが生き甲斐でしてね。旦那のお子も、早えとこ抱かせてほしいな」

「余計なお世話だ」

「お聞きしましたよ。もう、祝言の日取りもお決まりだとか」

「んなこと、誰に聞いた」

「下谷の大旦那で」

伯父の半兵衛だ。

半四郎は、ぎりっと奥歯を噛んだ。

祝言の日取りなど、決めたおぼえはない。

得手勝手《えてかって》なことを言いふらしているのだ。

「あの爺さまめ」

「ご心配なんですよ。将棋台を囲んでも、おはなしは旦那のことばかりでしてね」

半兵衛は子宝に恵まれなかったこともあり、半四郎を実子のように可愛がってくれた。感謝しなければならないが、近頃は鬱陶しいことのほうが多い。

「旦那、所帯をもってのは、わるいことじゃない。何といっても、人間に深みが出ます。十手持ちは強いだけじゃだめですよ。弱い者に優しくなくちゃいけません。所帯をもてば、誰だって角《かど》が取れる。丸くなり、我慢強くもなる。それに、独り寝の淋しさを託《かこ》つこともなくなりましょう。耳が痛いかもしれませんが、年寄りの戯言《たわごと》だとおもってお聞きくださいな。亀の甲より年の功、蓮の花より蓮の骨とも申しましょう」

「蓮の骨ってのは何だ」

「ふっ、この身のことですよ」

彦蔵は、淋しげに微笑む。

「不忍池にいらっしゃれば、おわかりになりましょう。水面を埋めつくすかのように、枯蓮が無残なすがたで浮かんでおります。されど、枯蓮にもちゃんと役割はある。来年また可憐な花を咲かせるために、欠かせぬ養分となるのです」

「なるほどな」

頷きながらも、胸に不吉なものが過《よぎ》った。

なにやら、遺言めいて聞こえたのだ。

表口に、おみよがやってきた。

歳は二十二、ふっくらした顔は色艶もよい。

「あ、八尾の旦那、ご無沙汰《ぶさた》しております」

「おう、亭主がいなくなったにしちゃ、元気そうだな」

「そうでもありませんよ。今の今まで、心は濡れておりました。でも、旦那の軽口をお聞きして、ちょいと気が楽に」

「なら、よかった。いいか、とっつぁんを責めるんじゃねえぜ。おめえのことをおもってやったことだ」

「わかっちゃおりますけど、おとっつぁんは夫婦のことに嘴《くちばし》を突っこみすぎるんです」

おみよは怒ったように発し、ぺろりと舌を出す。

「申し訳ございません。つい、本音をぶちまけちまって」

「いいさ。だがな、非は亭主の勘助にある。そいつを忘れるんじゃねえぜ」

「はい」

「よし、それでいい。じゃあな」

仲の良い父と娘に手を振り、紅葉番屋をあとにした。

東の空を焦がす朝焼けが、血の色に染まってみえる。

「嫌な空だぜ」
半四郎は渋い顔で吐きすて、重い足を引きずった。

二

一日経った。
薄衣《うすぎぬ》を流したような朝靄のなかで、半四郎は呆然《ぼうぜん》と立ちつくしている。
不吉な予感は的中した。
昨夜、紅葉番屋が賊に襲われたのだ。
四つ辻のほうから、念仏が聞こえてくる。
番屋を遠巻きにする野次馬のなかに、おみよのすがたはない。
鮮血の散った玉砂利を踏みしめ、半四郎は恐る恐る内を覗いた。
「うっ」
血腥《ちなまぐさ》さに鼻をつかれる。
土間に目を落とし、ごくっと唾を吞みこんだ。
頭をかち割られた清六が、横向きで転がっている。
そして、彦蔵も手焙《てあぶり》に顔を突っこんで死んでいた。

やはり、脳天をぱっくり割られている。

「こりゃひでえ」

後ろに控える仙三がつぶやいた。

「旦那、刃物の傷じゃありやせんぜ」

そのとおりだ。凶器は木刀か何かだろう。

無残にも、彦蔵と清六は撲殺《ぼくさつ》されたのだ。

「湯島の手口とちがいやすね」

わざと凶器を変えたのだと察したが、半四郎は応じることばすら失っていた。

調べてみると、頼母子講の預かり金二十両余りが隠されていた文机《ふづくえ》のあたりが荒らされている。

物盗り目当ての兇行にほかならない。

湯島と同じ連中の仕業だろう。

冷静になれ、冷静になれと、半四郎はみずからに暗示を掛ける。

気持ちの昂《たか》ぶりが徐々に消え、捕り方の顔になっていった。

「おい、清六の遺骸を寝かせてやれ」

外で待っていた小者たちが入り、土間に莚《むしろ》を敷きはじめる。

半四郎は彦蔵の遺骸を抱きおこし、仙三に手伝わせて畳に寝かせた。

と、そのとき。

がちゃっと、奥で音がした。

「旦那」

「しっ」

半四郎は前屈みになり、朱房《しゅぶさ》の十手を引きぬく。

障子の向こうには、窓無し板壁の三畳間があった。

酔っぱらいや小悪党を留めおき、尋問などもする板の間だ。

誰かがいる。

「ぬおっ」

半四郎は毛臑《けずね》を剝き、障子を蹴破った。

「ひっ」

瘦せた男が悲鳴をあげる。

右の手首に鉄輪《かなわ》が塡まっていた。

鉄輪は鎖で壁と繫がっており、逃げることができない。

「堪忍してくれ。命だけは、命だけは」

板の間は垂れながした小便で濡れている。

だが、本人は怪我をした様子もない。

「てめえは誰だ」

声を掛けると、男はからだを縮めた。

半四郎は、後ろの仙三に命じる。

「鉄輪を外してやれ」

「へい」

縛《いまし》めから解かれた途端、男はくらげのようにへたりこんだ。

半四郎は裾を割って屈み、同じ目線で喋りかける。

「おれは定町廻りだ。てめえの名は」

俯いていた男が、そっと目をあげた。

充血した目に、惨劇の一部始終が焼きつけられているのだろうか。

半四郎はなかば期待しながら、急がずに返答を待つ。

「う……鶉吉《うきち》でごぜえやす」

と、男は消えいりそうな声を漏らす。

「ほう、鶉吉か。ねぐらは」

「甚五郎《じんごろう》親分のところで」

「甚五郎ってのは、根津《ねづ》の地廻りだな」

「へい。香具師《やし》の元締めで」

「おめえは、香具師か」

「さようで」

「繋がれたのは、何刻《なんどき》だ」

「子《ね》ノ刻（午前零時）あたりかと」

「喧嘩でもしたのか」

「そいつが、酔っぱらって何ひとつ」

「おぼえちゃいねえか」

「へい」

鵜吉は項垂《うなだ》れ、洟水《はなみず》を垂らす。

「繋がれたあとのことは、おぼえているのか」

「え」

「押しこみがあったとき、おめえはここに繋がれていたはずだ。障子の隙間から、下手人どもの人相風体は覗かなかったか」

「覗くなんて、そんな勇気はありやせん。じっと、息を殺しておりやした」

そのおかげで、気づかれずに済んだのだ。

気づかれたら、命はなかったにちがいない。

「何もみちゃいねえってわけか」

「いいえ」

「ん、みたのか」

「みたような、みねえような」

「おい。ふざけんじゃねえぞ」

「ふざけてなんざ、おりやせん。そうだ。おもいだしやした。旦那の仰《おつしや》るとおり、障子の隙間から目に飛びこんできたんだ。下手人は張り子の天狗面《てんぐめん》をかぶっておりやした。そうだ。へへ、ずいぶん鼻の高《たけ》え連中だとおもったら、天狗だったんだ。ええ、天狗は二匹おりやした。ありゃ、たぶん、侍《さむれえ》だな」

「どうしてわかる」

「どちらも黒羽織を纏い、腰帯に大小を差しておりやした。羽織の胸には、梅鉢《うめばち》の紋所《もんどころ》が……そうだ、まちげえねえ。この目ではっきりみたんでさあ」

「梅鉢紋といえば、加賀前田か」

そういえば、この界隈は加賀藩の屋敷が近い。かりに、下手人が大名の家臣であったとすれば、町奉行所の同心では手の出しようがなくなる。

「ふうむ」

低く唸ったところへ、騒々しく踏みこんできた者があった。

「おい、誰かいねえか」

横柄な口調を耳にし、半四郎はちっと舌打ちをかます。

同じ南町奉行所の定町廻り、渋木又兵衛《しぶきまたべえ》にちがいない。

歳は四十二の本厄《ほんやく》、からだつきは猪《いのしし》のようにずんぐりしているものの、神道《しんとう》無念流《むねんりゅう》の免状持ちというだけあって、腕は立つ。目にしたことはないが、突きの名手だという噂を聞いたことがあった。腕が立つうえに、狡猾《こうかつ》な性分なので、市井の人々からは蛇蠍《だかつ》のように嫌われている。

「八尾半四郎か。どうやら、先を越されたらしいな」

「はあ」

「そいつは」

渋木は顎をしゃくり、鶏吉をぎろりと睨みつけた。

小悪党は蛇に見込まれた蛙《かえる》と化し、がたがた震えだす。

半四郎は、代わりに応えてやった。

「甚五郎のとこの若い衆ですよ」

「ふうん、下手人をみたのか」

「張り子の天狗面をかぶっていたとか」

「ほう、張り子の天狗か。侍か」

「そのようです」

「数は」

「ふたりです。身に纏った黒羽織には、梅鉢の紋所が縫いつけてあったと申しております」

すかさず、渋木が指摘する。

「梅鉢といえば加賀前田。あるいは、加賀の支藩に属する藩士かもしれぬな」

「支藩ですか」

「池之端には富山藩《とやまはん》もあれば、大聖寺藩《だいしようじはん》もある」

どちらも石高は十万石、並みの支藩ではない。

「しかも、大聖寺藩の中屋敷は、この七軒町にあるぞ」

そう聞いて、半四郎は身を乗りだした。

そこへ、女の悲鳴が転がりこんでくる。

「だめだ、入《へえ》っちゃならねえ」

仙三が必死に押しとどめている女は、おみよにちがいない。

般若《はんにゃ》のような形相《ぎょうそう》で泣きわめき、手足をばたつかせている。

「おとっつぁん、おとっつぁん」

いくら叫んでも、応じる者はいない。

すでに、ふたつの遺骸には莚がかぶせてあった。

半四郎は立ちあがり、おみよに呼びかけた。

「とっつぁんの仇《かたき》は討ってやる。おれがきっと、討ってやる」

今は、それしか言えない。

おみよは蹲《うずくま》り、嗚咽《おえつ》を漏らしはじめた。

身を寄せて肩を抱いてやると、爪の痕《あと》がつくほど腿《もも》を摑まれた。

痛みがからだの芯を痺《しび》れさせ、心に燻《くすぶ》る怒りの炎を煽《あお》りたてる。

「おみよ、泣くんじゃねえ。いいか、自分を見失うな」

みずからに言い聞かせるように、半四郎は同じ台詞《せりふ》を繰りかえした。

三

白砂の敷きつめられた境内に、松の緑が映えている。

竜のように身をくねらせた松林の一隅には割石を積んだ塚があり、第六代将軍家宣《いえのぶ》の胞衣《えな》が埋められているという。根津権現社《ごんげんしゃ》が、日光東照宮《にっこうとうしょうぐう》にも用いられた権現造りの壮麗な社殿を擁するのは、第五代将軍綱吉《つなよし》の治世下、世嗣《せいし》家宣の産土神《うぶすながみ》として奉じられ、天下普請《てんかぶしん》の大造営がなされたからだ。

境内には小高い丘もあれば清水を湛《たた》えた池もあり、晩春には紅《くれない》の躑躅《つつじ》で埋めつくされる斜面もある。

一方、鳥居の外に目を転じれば、広大な門前町が野太い南北大路によって区切られ、裏道へ踏みこめば、安女郎屋が軒を連《つら》ねている。根津へ訪れる遊客の大半は職人だが、浅黄裏《あさぎうら》の田舎侍もちらほらみえた。

ともかく、金のない連中ばかり集まってくるので、口喧嘩や刃傷沙汰《にんじょうざた》が絶えない。朝から参詣客と遊客と市目当ての買い物客でごった返し、夕闇の迫るころになると、掏摸《すり》が我が物顔で駆けまわる。

廻り方にとって厄介至極《やっかいしごく》な根津権現社の門前で、老いた香具師が袋叩きに遭《あ》っているとの一報を受け、半四郎は押っ取り刀《おっとりがたな》で駆けつけた。

一日じゅう近辺を隈なく歩きまわったせいで、雪駄の底は擦りきれている。これといった成果も得られぬまま、焦燥《しょうそう》だけを募らせる身にとって、門前大路は途方もない長さに感じられた。

「旦那、こっちこっち」

人垣の端で、御用聞きの仙三が手招きしている。

「どいてくれ。おら、どきやがれ」

乱暴に人垣を掻きわけ、どうにか前面に躍りでた。

輪の中心には白髪の香具師が横たわり、五、六人の侍に囲まれている。

香具師は痛めつけられ、喋ることもままならない。代わりに、若い仲間の香具師が地べたに額を擦りつけ、懸命に謝りつづけていた。

「あれれ、若えほうは鵜吉ですぜ」

仙三の言うとおり、謝っているのは紅葉番屋で一夜を明かした男だった。

なるほど、根津界隈で商いをする香具師は、地廻りの甚五郎に束ねられている。

「おやめくだせい。後生ですから、おやめくだせい」

侍の裾にしがみついた途端、鵜吉は胸に蹴りを入れられた。

「うっ」

息を詰まらせ、苦しげに蹲る。

どうやら、蹴った侍がまとめ役らしく、人垣を眺めまわすや、朗々と口上を述べたてた。

「皆の衆、耳の穴を穿《うが》ってようく聞くがよい。拙者は老い耄《おいぼ》れに辱《はずかし》めを受けた。公衆の面前で、赤鰯《あかいわし》と蔑《さげす》まれたのだ。武士たるもの、黙ってなぞおられまい」

「てやんでえ。ちょっかい出したな、そっちだろうが」

老いた香具師は気丈にも発し、別の侍に頬桁《ほおげた》をばこっと撲《なぐ》られる。

そして、血を吐いた。こぼれおちた白いものは、歯だ。

ともかく、この場を収めねばなるまい。

半四郎は十手を抜き、堂々とした体軀《たいく》を押しだす。

「待ちやがれ」

呼びかけた途端、侍たちが一斉に振りむいた。

いずれも若い。二十歳前後であろう。

月代《さかやき》を青々と剃り、纏った着物も質がよい。

少なくとも、浪人ではなかった。

となれば、幕臣か陪臣ということになる。

あるいは、役無しの次男坊か、三男坊か。

いずれにしても、定町廻りが裁くことのできる相手ではない。

瞬時にそれと気づいたものの、半四郎は臆する素振りもみせなかった。

「大勢でひとりをいたぶるんじゃねえ。それじゃ、亀をいじめる悪童も同然だぜ」

「黙れ、不浄役人の出る幕ではない」

若い侍どもは半四郎を無視し、老いた香具師に向きなおる。

ひとりが白髪の髷を摑み、皺顔をぐいっと引きあげた。

「もういっぺん、赤鰯というてみろ。ほれ、いわぬか。ふん、口は禍《わざわい》の元じゃ」

言うが早いか、ぱしっと頭を平手で叩く。

「この野郎」

半四郎は駆けより、老人に手をあげた侍の尻を蹴りつけた。

「うぬっ、何をする」

ほかの仲間がぱっと散り、刀の柄《つか》に手を掛けた。

全部で五人いる。

「控えろ。おれがやる」

まとめ役の侍が殺気を漲《みなぎ》らせ、躙《にじ》り寄ってきた。

おもいがけない展開に、野次馬は生唾を呑んで見守っている。

半四郎は、ふんと鼻を鳴らした。

もとより、刀を抜く気など毛頭ない。

朱房の十手さえも、背帯に仕舞った。

「さあ、こっちは丸腰だ。丸腰の相手を斬ろうってのか」

「抜け。不浄役人だろうが何だろうが、容赦《ようしゃ》はせぬ。おぬしは仲間の尻を蹴った。非はそっちにある」

「尻を蹴ったくれえで白刃を向けられたら、命がいくつあっても足りねえぜ。よう、若《わけ》えの、頭を冷やしてようく考えてみな。ここは天下の往来だ。刀を抜いたら、それだけで重い罪になる」

「咎《とが》めが恐くて、侍なんぞやっていられるかっ」

半四郎は、にやりと不敵に笑う。

「若えだけあって、威勢だけはいいな。おめえ、名は」

「駒沢源太夫《こまざわげんだゆう》」

疳高《かんだか》く名乗りあげた若侍は、刀の鯉口《こいぐち》を切った。

「まいるぞ」

「待ちやがれ」

制止しても、駒沢は聞く耳を持たない。

「とあっ」

白刃が閃いた。

居合だ。

「うおっと」

存外に切っ先は伸び、左の袖を裂かれた。

と同時に、半四郎は反転し、丸太のような右脚をぶんまわす。

——ばこっ。

予測不能の後ろ蹴りが顎にきまった瞬間、駒沢の膝が抜けおちた。

「ざまあみやがれ」

半四郎は鼻息も荒く、ほかの連中を睨みつけた。

大将をやられ、みな、腰が引けている。

と、そのとき。

人垣の狭間《はざま》から、吼《ほ》える者があった。

「八尾、そこまでだ」

唾で光らせた小銀杏髷に、裾を巻きあげた黒羽織。ずんぐりとしたからだつきの同心が近寄ってくる。

猪首《いくび》をかしげて笑うのは、渋木又兵衛にほかならない。

「けっ、またあの野郎か」

かたわらの仙三が、苦虫を嚙みつぶしたような顔をする。

渋木は、ひとりではなかった。

手まわしのよいことに、捕り方の一団を率いている。

「それ、取りかこめ」

号令一下、小者たちが水際だった動きをみせた。

やはり、あらかじめ、想定していたかのようだ。

半四郎はとりあえず、様子を眺めることにした。

「ここは将軍家縁《ゆかり》の社殿そば、門前大路を血で穢《けが》すとは何事ぞ」

渋木は敢然と言いはなち、朱房の十手を天に突きあげる。

「それい。無頼漢どもを引っ捕らえよ」

正気に戻った駒沢源太夫が、ひらりと掌《たなごころ》を翳《かざ》した。

「あいや、待たれい。お役人、われらは大聖寺藩縁の者、不逞《ふてい》な浪人者とはちがうぞ」

「大聖寺藩とな」

「さよう。拙者は駒沢源太夫と申す。わが父は大聖寺藩の重臣、縄を打てば後々面倒なことになり申そう」

「黙らっしゃい。大聖寺藩と申せば十万石の大大名、縁ある者ならば喧嘩狼藉《ろうぜき》のたぐいは厳に慎しまねばなるまい。梅鉢のご家紋が泣きますぞ」

「わかった。退散いたすゆえ、事を荒立てなさるな」

「ぬはは」

渋木は、勝ち誇ったように嗤った。

「されば、本日は目を瞑《つむ》りましょう。ただし、つぎは見逃しませぬぞ」

「承知した……ふん、木っ端《とぱ》役人めが」

駒沢は聞こえよがしに吐きすて、仲間とともに消えてしまった。

老いた香具師と鵜吉はさきほどから、平蜘蛛《ひらぐも》のように這いつくばっている。

渋木に感謝のことばを繰りかえし、顔をあげようともしない。

そこへ、鰹縞《かつおじま》の縕袍《どてら》を羽織った五十男があらわれ、渋木のもとへ歩みよった。

香具師の元締め、甚五郎である。

野次馬たちの目など気にも掛けず、紫の袱紗《ふくさ》に包まれたものを渋木の袖に落とした。

文字どおり、袖の下にほかならない。

「ちっ、目当てはそれかい」

舌打ちをかますと、渋木がこちらに目を向ける。

目と目がかち合い、火花が散った。

渋木は、不敵な笑みを漏らす。

「くそっ、あの野郎」

無性に腹が立った。

やがて、捕り方と野次馬は去り、後味のわるさだけが残る。

渋木はひとり残り、重そうな袖を振りながら、悠然と近づいてきた。

「へへ、八尾、おぬしの袖と交換してやろうか」

「みくびるなよ」

「おや、不機嫌そうだな。窮地を救ってやったのだぞ」

「いらぬお世話だ」

「それが年長者への態度か。あらためたがよいぞ」

「ふん」

渋木は笑った。が、目だけは笑っていない。

「いいか、八尾。さっきの連中は札付きの悪党どもだ。むかしの旗本奴《はたもとやっこ》を気取った連中さ。悪行は今日にかぎったことではない。紅葉番屋の番人殺しも、やつらが関わっているとはおもわねえか」

たしかに、怪しい。

ただ、渋木はなぜ、そのことをわざわざ教えようとするのだろうか。

半四郎は、妙な居心地のわるさを感じた。

四

居心地のわるさは、紅葉番所で渋木に会ったときから、ずっと感じていた。

いや、渋木ではなく、鵜吉かもしれない。

あれだけ狭い部屋に繋がれていながら、どうして下手人にみつからなかったのか。

やはり、妙だという疑念は募る。

大聖寺藩の阿呆《あほう》どもは仙三に任せ、半四郎はしばらく鵜吉を見張ることにした。

鵜吉は夕方になって根津の色街に繰りだし、馴染みの女郎屋をひやかすなどしていたが、宵闇が深まってくると、曙《あけぼの》の里《さと》と呼ばれる根津権現社の裏手から千《せん》駄木《だぎ》のほうへ向かった。

物淋しい三《み》ツ股《また》の角に、太田備中守《おおたびっちゅうのかみ》の下屋敷がある。

鵜吉は裏手へまわりこみ、裏木戸を敲《たた》いた。

内から折助《おりすけ》が顔を出し、頷いて招じいれる。

「鉄火場か」

と、半四郎は察した。

いつまで遊ぶのかわからないが、ここは覚悟をきめて待つしかない。

月は冴え、足下に流れる川音が寒々と聞こえてくる。

冷たい風に晒されながら待つこと一刻（二時間）余り、博打好きの遊客があらわれては屋敷の内に消えていった。

たいていは着物の裾を端折《はしょ》った半端者で、ときたま気の弱そうな奉公人が混じっている。焙烙頭巾《ほうろくずきん》をかぶった坊主をひとり見掛けたが、侍はひとりもいなかった。

それにしても、寒い。

「くそっ、爪先まで凍っちまいそうだ」

月の位置から推すと、町木戸の閉まる刻限は近い。

――ごおん。

案の定、亥《い》ノ刻（午後十時）を報《しら》せる捨て鐘が鳴りひびいた。

闇を際立たせる鐘の音に、下弦《かげん》の月さえも震えている。

温かい蕎麦をたぐりながら、熱燗でもきゅっと飲《や》りたい。

一句浮かんだ。

「待ちわびて気づいてみれば蓮の骨」

頭を割られて死んだ彦蔵のすがたが浮かんでくる。

「とっつぁん」

彦蔵はみずからを、蓮の骨に喩《たと》えた。

朽ちて溶けゆく運命を淡々と受けいれつつも、つぎに繋がる者たちに何かを遺《のこ》したいと切望した。

人生の長い坂道を登ってきた男のはなしを、もう少し聞きたかった。

彦蔵も自分が生きてきたことの証《あかし》を、しっかりと遺したかったにちがいない。

ところが、口惜しいと感じる暇もなく、唐突《とうとつ》に命を絶たれた。

たかが二十両の金欲しさに、他人を虫螻《むしけら》のように殺す。

生きる辛さや悲しみ、そして喜びを知る者ならば、できなかったはずだ。

欲得ずくで生きている者だけが、他人の命をいとも簡単に奪おうとする。

そうした輩《やから》は縄を打つ価値もないと、半四郎はおもう。

三尺高い栂《つが》の木に縛られ、みずからの命脈を絶つ長柄の穂先をみせられた瞬間、たとえ強烈な生への執着が悔恨とともに迫りあがってきたとしても、狼狽《うろた》えた悪党のすがたから得られるものは何もない。

ただ、この世から跡形もなく消えてほしい。

半四郎は、冷えた心でそう願った。

我に返ると、川縁にひょろ長い人影がひとつ浮かんでいる。

侍だ。

人相は判然としない。
撫で肩に細長い腕、浪人であろうか。
放尿している。用を済ませたあとも、じっと動かない。
と、そのとき。
裏木戸が開き、鴉吉がひょっこり顔を出した。
浪人が、ふわりと動く。
半四郎も、物陰から躍りだした。
撫で肩の侍は白刃を抜き、問答無用で斬りかかる。
「ひぇっ」
鴉吉は逃げた。
が、逃げおおせるものではない。
「待ちやがれ」
半四郎は低く唸り、白刃を抜いた。
首を捻った侍は、手拭いで鼻と口を隠している。
「ほりゃ……っ」
半四郎は八相から、鋭く討ってでた。

――がりっ。

刃と刃がぶつかりあい、腕に痺れが走る。

下段から、返しの一撃がきた。

猛然と風を孕《はら》み、しゃくりあげてくる。

「うぬっ」

胸を反って躱《かわ》したものの、二の太刀が出ない。

相手は隙をとらえ、くるっと背をみせた。

「待て」
二、三歩追いかけ、あきらめる。
なかなか、手強い相手だ。

あと一合交えていたら、斬られていたかもしれない。

「莫迦野郎め」

悪態を吐き、恐怖を振りはらう。

鵜吉は、川縁の暗がりに蹲《うずくま》っていた。

「おい、斬られたのか」

「へ、へい」

「どれ、みせてみろ」

鵜吉は左腕を斬られていたが、傷は浅い。

手拭いを裂き、縛りつけてやった。

鵜吉は礼も言わず、仏頂面で黙りこむ。

半四郎は、裾をひっからげて屈んだ。

「さっきのやつに見覚えは」

「ありやせん」

「襲われた理由で、何かおもいあたることはねえか」

わずかに間があり、鵜吉は首を横に振る。

「皆目、見当もつきやせんや」

嘘だなと、半四郎は見抜いた。

「おれのことは、知っているな」

「へい。紅葉番屋でお見掛けした旦那でやしょう」

「おめえを見張っていたのさ。何かあるとおもってな」

「そ、そうだったんですかい」

「ああ。隠し事があるんなら、洗いざらい喋ってみな。気分もすっきりするぜ」

「喋ったら、おいらを守ってくれるんですかい」

「ああ、わるいようにゃしねえ」

鵜吉は悲しげな目をし、口をもごつかせた。

が、すぐに顔を曇らせ、川のほうに目を移す。

「旦那、堪忍してくれ。おいらは何も知らねえんだ」

「そいつは困った。嘘吐《うそつ》きは、盗人のはじまりともいうぜ」

「ふん、何とでもいってくれ。おいら、役人なんざ信用できねえんだ」

だから、隠し事を喋る気にならないのだ。

鵜吉は、貝のように押し黙ってしまう。

——とっつぁん。

胸の裡《うち》で、彦蔵に呼びかけてみた。

——この一件は裏がある。な、そうはおもわねえか。

応じる声はない。

闇はいっそう、濃くなっていく。

半四郎は漆黒《しっこく》の川面をみつめ、深々と溜息を吐いた。

五

七軒町には、唯心一刀流《ゆいしんいっとうりゅう》の道場がある。

道場主の姓から鮫島《さめじま》道場と称されているのだが、弱い者いじめをした大聖寺藩の連中が揃って通うところでもあった。

仙三は声をひそめる。

「渋木のやつが言ったとおり、連中は重臣たちの次男坊や三男坊、役にも就《つ》けねえ穀潰《ごくつぶ》しどもだそうです」

「町中でわるさをするか、道場に通うしかねえ連中か」

「ま、そのようなもので」

年若い跳ねっ返りどもは、常のように憤懣《ふんまん》を鬱積《うっせき》させている。

平和惚《ぼ》けした世の中への恨み、自分の力ではどうにも好転できない境遇への不満、世間一般の常識に迎合することへの反発や嫌悪、そうした負の感情が燻りつづけており、今が戦国の世ならば血みどろの戦場で華々しい活躍をしてみせようなどと、叶《かな》わぬ夢を抱きながら、憤懣の捌《は》け口《ぐち》を求めて乱暴狼藉を繰りかえす。

中心となる者は五名ほどおり、なかでも頂点にあるのが、駒沢源太夫であった。

鮫島道場では屈指の力量と評され、天狗並みに鼻を高くさせている。恐い者知らずといった風情で市中を闊歩《かっぽ》するすがたは、辻強盗の首魁《しゅかい》を気取っているふうにもみえた。

事実、店頭の売り物を盗んだり、食べ物屋で下女をからかったり、女郎屋で遊び金を踏みたおしたりと、小さな悪さは並べたらきりがないほどで、悪戯《いたずら》に毛の生えた程度なら見過ごしてやってもよいが、殺しに関わっているとすれば放ってはおけない。

道場主の素姓は今のところはっきりとせず、いずこかの藩で名をなした剣客らしかった。実質の仕切りは道場主の甥《おい》にあたる師範代、鮫島右近《うこん》なる人物に任されている。門人たちによれば、師範代の力量は群を抜いており、長身痩軀を鞭《むち》のように撓《しな》らせつつ、変化自在に技を仕掛けてくるという。

門人たちは、おおむね二派に分かれている。

一方は駒沢を中心とした大聖寺藩の連中、そして、もう一方は七軒町に上屋敷を構えた喜連川藩足利家《きつれがわはんあしかがけ》の子息たちであった。

喜連川藩は、鎌倉公方《かまくらくぼう》として関東に君臨した足利基氏《もとうじ》を祖とする。基氏は足利幕府を開いた尊氏の子息だ。名門足利家の系譜ゆえに命脈を保たれ、主従は下野国喜連川に五千石の所領を与えられた。そして、格式だけは十万石の大名と同等の扱いとされたのだ。

実収十万石の大聖寺藩とは、領地の広さでも家臣の数でも雲泥《うんでい》の差がある。ところが、格式だけは同等なので、公の行事が催される際は上から下まで同等の扱いを受ける。そのあたりが、大聖寺藩の者には許すことができない。一方、足利家の連中も高慢さにかけては江戸でも一、二を争う。双方の子弟が反目しあっているとしても、何ら不思議ではない。

足利家の穀潰しどもを束ねているのは、師井健吾《もろいけんご》という重臣の次男坊であった。

駒沢同様、剣の力量はなかなかのものらしい。

手狭な鮫島道場のなかで、駒沢派と師井派とにまっぷたつに分かれ、陰に日向《ひなた》に火花を散らしているのである。

そしてついに、両者は雌雄《しゆう》を決することになった。

日頃の恨みを晴らすべく、この一戦で潔《いさぎよ》く決着をつける。

どちらが誘ったのかはわからないが、双方の意気込みたるや、尋常なものではなかった。

ところは千駄木、団子坂《だんござか》上の百姓地、竹林や藪に囲まれた荒れ地である。

お上に許しを得た野仕合《のじあ》いではなく、野稽古という名目で総勢二十有余の門人たちが集まった。

月待ちで知られる二十三日、夕刻のことだ。

どこで噂を聞きつけたのか、大勢の見物人も集まっている。

半四郎も仙三ともども、しばらく趨勢《すうせい》を見守ることにした。

駒沢派は向かって右手、師井派は左手に固まっている。

夕陽を背に負っているのは師井派のほうで、駒沢派の面々は眩《まぶ》しそうに眸子《まなこ》を細めていた。なかには、鎖鉢巻《くさりはちまき》を締めた者まで見受けられ、両者の怒りは今や沸騰《ふっとう》しつつあるやに感じられる。

怪我人が出ねばよいがと、半四郎はおもった。

「さすがに、得物《えもの》は木刀だな」

「でも、旦那、腰には大小が差してありやすぜ」

仙三の指摘するとおりだ。

誰かひとりが熱くなって抜いたら、収拾がつかなくなる。

そうなってしまったら、なぜ、同心の身で事前に止めに入らなかったのかと、責めを負うかもしれない。

捕り方を連れてきたほうがよかったかなと、半四郎は少しばかり悔やんだ。

「旦那、ほら、あれ」

頭の欠けた地蔵の肩に、痩せた鴉《からす》が止まっている。

高みの見物と、しゃれこんでいるかのようだ。

遠巻きにする見物人のなかには浪人風体の者たちも何人かあったが、気になる人物がひとり混じっていた。

編笠をかぶっているので、人相はわからない。

ただ、撫で肩のひょろ長いからだつきが、鶉吉を襲った刺客に似ているとおもった。

「聞けい、師井健吾」

駒沢源太夫の大音声《だいおんじょう》が、静寂《しじま》を破った。

「今日こそは、決着をつけてやる。よいか、双方は倒れるまで打ちあう。最後のひとりがまいったと申すまでやりあい、負けたほうは潔く道場から去る。それでよいな」

「わかっておる。ごちゃごちゃ抜かさず、かかってこいや」

「のぞむところだ。それい」

「ふわああ」

地蔵の肩に止まっていた鴉ばかりか、竹林に潜んでいた鳥たちが一斉に飛びたっ。

半四郎は一瞬、地鳴りが起こったかのような錯覚をおぼえた。

「ぬおっ」

「ずりゃっ」

両者は荒れ地の中央で激突し、熾烈《しれつ》に木刀を叩きあう。

砂塵《さじん》が濛々《もうもう》と舞い、叫喚《きょうかん》や呻《うめ》きが錯綜する。

「す、すげえ」

仙三がつぶやいた。

いきなりの乱戦に、見物人は呆気にとられている。

だが、やはり、駒沢と師井の実力は群を抜いていた。

相手の額を割り、脾腹《ひばら》を叩き、急所を狙って的確に倒していく。

木刀をまともに受けて、無事で済むわけはない。

ふたりの周辺にだけ、泡を吹いて昏倒する者や瀕死《ひんし》の大怪我を負う者が転がった。

そして、乱戦にひと区切りがついたあたりで、両者はさっと左右に離れた。

駒沢と師井とが、どちらからともなく前面に歩みだし、相青眼《あいせいがん》に構えて対峙《たいじ》する。

まさに、雌雄を決する一騎打ちがはじまると、誰もが空唾を呑んだとき、おもわぬところから邪魔がはいった。

「待て待てい、両者ともそこまでじゃ」

聞き慣れた声の主は、渋木又兵衛にほかならない。

「また、あの野郎か」

仙三は地団駄《じだんだ》を踏んで口惜しがったが、冷静になって考えれば、渋木の判断はまちがっていない。

「ここで止めねば、どちらかに死人が出るかもしれねえ」

そうなれば私闘とみなされ、関わった者たちはみな罰せられる。

「八尾さまの仰ることはもっともですけど、芝居でいやあ、ここぞという見せ場をかっさらわれたようなもんだ。ったく、勘弁してほしいぜ」

見物人たちの不満など気にも掛けず、渋木は連れてきた捕り方に指図を発した。

「双方の首謀者《しゆぼうしや》を取りおさえよ」

駒沢と師井は縄を打たれ、さきほどまでとは打って変わった情けない様子で引かれていく。

「しょんぼりしちまって。まるで、青菜に塩だぜ」

強引な幕引きをやった渋木は凱旋将軍《がいせんしようぐん》のように胸を張り、意気揚々《いきようよう》と荒れ地から去っていった。

怪我をした連中も仲間に助けられ、足を引きずりながら去っていく。

やがて、見物人たちもいなくなり、編笠をかぶったひょろ長い侍も消えた。

呆気ないほどに静まりかえり、さきほどまでの騒ぎが嘘のようだ。

ふと、みやれば、頭の欠けた地蔵の肩に、鴉が一羽止まっている。

――くわっ、くわっ、くわっ。

薄闇に閉ざされゆく荒れ地に、凶兆《きようちよう》を報せる鳴き声が響きわたった。

六

水面に薄氷の張った二十四日早朝。

不忍池の浮島に何十羽もの鴉が群がり、屍肉《しにく》を啄《ついば》んでいた。

そうしたおぞましい光景に出くわすことは、廻り方を十余年つとめた半四郎でも、そうあるものではない。

鴉の餌食《えじき》にされたのは、鵜吉にほかならなかった。

両方の目玉を穿《ほじく》られ、人相は判別も難しいほど変わっていたが、背格好からすぐにそれとわかった。

致命傷となった頭の傷も確かめられた。

半四郎は仙三と蓮見舟《はすみぶね》に乗り、舳先《へさき》に絡みつく蓮の骨に阻《はば》まれながらも、どうにか浮島までたどりついた。鴉どもを苦労のすえに追いはらい、ようやく検屍《けんし》をはじめたところだ。

「頭がぱっくり開いておりやすぜ。こいつは紅葉番屋の手口と同じだ」

刀を使わず、木刀のようなもので叩き割ったのだ。

「莫迦な野郎だ。知っていることを正直に喋ってりゃ、命を落とさずに済んだかもしれぬのに」

強引な手を使ってでも聞きだしておくべきだったと、半四郎は悔いた。

しかし、鵜吉は、なまなかなことでは心を開かなかったにちがいない。

――おいら、役人なんざ信用できねえんだ。

という投げやりな台詞が、耳の底にこびりついている。

鵜吉は不浄役人を、心底から信じていなかった。

誰かに救いを求めるにしても、それは十手持ちではあり得ない。

やがて、岸辺から蓮見舟がもう一艘《いっそう》滑ってきた。

「旦那、またあいつだ」

渋木である。

手下に棹《さお》を操らせ、みずからは舳先でふんぞりかえっている。

浮島に舟を寄せた渋木は、仙三と同じ台詞を吐いた。

「また、おめえか。八尾、すっかり馴染みになっちまったな」

「ええ」

「ほとけの素姓は」

「例の鵜吉ですよ。紅葉番屋に繋がれていた」

「ほう、あの半端者か」

渋木は舟から降り、襤褸屑《ぼろくず》と化した遺骸のそばに近づいてくる。

「うっぷ、ひでえ臭いだ。顔がくずれていやがる。こいつがよくも鵜吉とわかったな」

「背格好だけでも、わかりますよ」

「ふうん。おめえも存外にやるじゃねえか。八尾半四郎ってのはもっと、ずぼらな野郎だとおもったぜ」

「ずぼらのほうが、よかったみたいですね」

「そうは言ってねえ。拗《す》ねるなよ。褒めてやったんだぜ。へへ、それにしても、これじゃまるで、鳥葬《ちょうそう》だな」

「鳥葬」

半四郎は、はっとした。

鵜吉は浮島で殺されたか、別の場所で殺されてから運ばれてきた。

どうして、捨てられた場所が浮島でなければならなかったのか。

下手人は、屍肉が鴉の餌になることを知っていたのだ。

鴉どもに啄ませ、身元を隠したかったのにちがいない。

撫で肩でひょろ長い侍の人影が、ふっと脳裏に浮かぶ。

おそらく、殺ったのはあの男だ。

鴉吉の死を隠したかったのだろう。

どうしてだと、半四郎はおもった。

渋木が口端を吊りあげ、皮肉を吐いた。

「おめえの関わった野郎は、みんな、あの世へ逝くな。大聖寺藩の駒沢源太夫と取りまきのひとりが、腹を切ったそうだぜ」

「え」

「昨晩のはなしさ」

渋木は団子坂上の荒れ地で、駒沢と仲間数名に縄を打った。が、牢には入れず、番屋で簡単な取り調べをおこなったあと、そのまま、大聖寺藩の藩邸内にある駒沢邸に連れていったのだという。

荒れ地での決闘のみならず、これまで積みかさねてきた乱暴狼藉の数々を告げたところ、藩の重臣でもある駒沢源太夫の父は、その場で子息に切腹を命じた。

「若僧は慌てず、騒がず、邸内の裏庭で腹をかっさばいた。穀潰しの傾奇者《かぶきもの》にしては見事な最期だったと、藩の連中も口を揃えておったぞ」

生きながらえた仲間はきつく叱責《しっせき》を受けたが、厳罰は免れたという。

半四郎は信じられないおもいを抑え、頭に浮かんだ問いを口にした。

「足利家の連中は、どうなったのです。師井健吾とかいう重臣の次男坊も、決闘の音頭を取ったという意味では同じでしょう」

「足利家の連中は無罪放免になった」

「なぜです」

「殺しに関わってねえからさ」

「え」

「八尾、おれはそこいらの腑抜《ふぬ》け役人じゃねえ。おれさまはな、番屋荒らしの口《くち》書《がき》を取ったんだぜ」

「ま、まことですか」

「ああ。彦蔵のとっつぁんを殺ったな、駒沢源太夫と仲間のひとりだ。でもな、そいつを表沙汰にすれば、大聖寺藩十万石に傷がつく。配慮してやったのよ」

駒沢の父は口書の件を渋木に耳打ちされ、断腸《だんちよう》のおもいで子息の命を絶つ決断を下したらしい。

駒沢源太夫と仲間のひとりが責を負うことで、一連の出来事は決着をみた。

「紅葉番屋の一件も、これで仕舞いだな」

ちがう。そうはさせぬと、半四郎は胸の裡で拒んだ。

渋木は嘘を吐いている。

口書を取ったなどと、信じられない。

だいいち、駒沢源太夫が下手人だったとすれば、鶍吉の死はどう解けばよい。

鶍吉は裏事情を知っていた。知りすぎていたがために、口を封じられたのだ。

彦蔵を亡きものにした真の下手人は、きっと、ほかにいる。

駒沢は下手人に仕立てあげられたにすぎないと、半四郎はおもった。

そうだ。それなら、辻褄《つじつま》も合う。

鶍吉の素姓を隠そうとしたのは、捕縛《ほばく》された駒沢に罪を擦《なす》りつけたい意図があったからだ。

いずれにしろ、渋木又兵衛は詳しい裏事情を知っているにちがいない。

「八尾、口惜しかろうが仕方ねえさ。物事は引き際が肝心だ。ふん、しがねえ定町廻りのできることなんざ、たかが知れている。な、そうだろう」

返事をする気もないし、顔をみたくもなかった。

半四郎は顎の無精髭《ぶしょうひげ》を撫でまわし、目玉のない鶍吉の顔を睨みつけた。

七

朝から晩まで足を棒にして聞きこみをつづけていると、無性に誰かの温もりが恋しくなってくる。

半四郎の脳裏に浮かんだのは、江戸を離れた雪乃ではなく、八丁堀の組屋敷で待っているであろう菜美の顔だった。淋しさを怺《こら》えて無理に微笑もうとする顔が、水泡のように浮かんでは消えていく。

「ああ、大根の味噌汁が呑みてえ」

心底からそうおもい、南茅場町の大番屋を出て八丁堀の地蔵橋へ向かう。

橋を渡れば組屋敷は目と鼻のさき、夕餉《ゆうげ》には充分に間に合う。

と、そこへ、後ろから追いかけてくる者があった。

草履《ぞうり》の音に振りむけば、仙三がすまなそうに頭を掻いている。

「おう、どうした。何かわかったか」

「へい。彦蔵のとっつぁんは殺される三日前、休昌寺の境内で年寄りの物乞《ものご》いを助けてやったそうで。物乞いを襲ったのが、若え侍連中だったとか」

「何だって」

「物乞いは近所の連中から『蓮の骨』という綽名で呼ばれていたそうで」

「まことか」

「へい。休昌寺の住職に聞けば、そのあたりのはなしが詳しく聞けるんじゃねえかと」

「よし、行こう」

「すみません」

「何も、謝ることはねえ」

「でえいち、このところ、旦那はお宅に帰《けえ》っておられねえご様子なんで。ご新造さんに申し訳ねえと」

「ご新造ってのは誰だ」

「へ、菜美さまのことでやすけど」

「莫迦野郎、まだそうと決まったわけじゃねえ」

「え、まことで。あっしはてっきり。こりゃ、とんだ失礼を申しあげやした」

「ちっ。他人のことより、てめえのことを考えろ。もっとも、おめえは男前の髷結いだ。おれが心配《しんぺえ》することはねえか」

「言い寄ってくるなあ、鮪《まぐろ》みてえな大年増ばかりでやすよ」

「いいじゃねえか。見掛けは鮪のおかめでもよ、情のわかる相手のほうが女房にはいいっていうぜ」

「ひょっとして、そいつは照降長屋のおまつさんの受け売りですかい」

「ばれたか」

「へへ、あっしも同じことをいわれたもんで」

そうした会話を交わしながら神田川を越え、池之端七軒町までやってくる。

「すっかり、このあたりも馴染みになっちめえやしたね」

「ああ」

休昌寺は大聖寺藩の菩提寺《ぼだいじ》でもあった。

訪ねてみると、頬の垂れた住職が快く迎えてくれた。

夕暮れの庭には、侘助《わびすけ》がひっそり咲いている。

半四郎は庫裏《くり》の濡縁《ぬれえん》に座り、住職のはなしに耳をかたむけた。

「ええ。たしかに、彦蔵どのは老いた物乞いを助けられました。その物乞いはいつも夜になるとあらわれ、紅葉の根っ子を枕にして眠るのです。寺男や檀家《だんか》からは『蓮の骨』という綽名で呼ばれておりましてな」

骨だけになった蓮を傘代わりにさし、近所の童子《わらし》を驚かしたことが、つけられた綽名の由来らしい。ほんとうの名を知る者もおらず、みなから「蓮の骨」と呼ばれていた。

「その晩も『蓮の骨』が、紅葉の根っ子を枕に寝入っておりますと、若い侍が四、五人ほどあらわれ、前触れもなしに殴る蹴るの乱暴をはたらいたのでございます」

そこへ、偶《たま》さか、彦蔵が通りかかった。

ふつうの者ならば厄介事を避けて、みてみぬふりをするところだが、熊笹の異名をとった元岡っ引きが放っておくはずもない。

「彦蔵どのは雄叫《おたけ》びをあげ、若い侍たちのただなかに飛びこんでいかれた。あまりに大きな声だったもので、宿坊の寺男や若い僧たちも跳ね起き、境内に飛びだしましてな、拙僧も遅ればせながら駆けつけたという次第で。さすがに、罪の意識があったのでしょう。若侍どもは顔を隠し、どこへともなく消えてしまいました」

命を救われた物乞いの老人も、その晩を境にどこかへいなくなった。

「ここに留まっておればまた、性根の曲がった連中から半殺しの目に遭うとでもおもうたのでしょう」

「なるほど」

彦蔵は弱い者を助けるべく、からだを張った。

が、そのせいで、侍たちの恨みを買ったのかもしれない。「蓮の骨」を助けた件が命を縮める原因だったとすれば、紅葉番屋を襲った下手人の狙いは金だけではなかったということになる。

数ある自身番のなかで紅葉番屋が選ばれた理由も、はらりと解けた。

半四郎は、息苦しい気分になった。

「ご住職、若侍たちの人相はおぼえておられますか」

「おぼえているも何も、拙僧が知らぬ相手ではない」

「え」

おもわず、半四郎は膝を乗りだす。

「どこのどいつです」

「足利家の穀潰しどもですよ」

「まさか、師井健吾」

「さよう。命令を下しておるのは、鮫島道場の師井健吾にございます。いつぞやも、物乞いが半殺しにされたことがありましてな。下手人はうやむやになりましたが、師井健吾と手下どもなら、ああした無体《むたい》なことをやりかねまい」

住職のはなしで、彦蔵と師井健吾が繋がった。

半四郎は、ごくっとのどぼとけを上下させる。

「彦蔵どのも、哀れなお方じゃ」

住職は重い溜息を吐き、眸子を潤ませた。

「十三年前の出来事が、昨日のことのように思い出されます」

「十三年前に何があったのですか」

「ひどい洪水がありましてな、不忍池が決壊し、このあたり一帯は水浸しになりました。そのとき、彦蔵どののおつれあい、おたねどのが水に溺《おぼ》れた幼子を助け、みずからは亡くなってしまいになったのです」

悲惨なはなしだ。

おたねの死因を、半四郎はこのときはじめて知った。

住職は指の腹で涙を拭き、庭に咲く侘助に目をやる。

「おたねどのは、普賢菩薩《ふげんぼさつ》のようなおなごじゃった。常日頃から、老人や病んだ者たちを慈《いつく》しんでおられた。拙僧は今も、ひととして敬《うやま》っております。それにしても、夫婦揃って誰かを助け、みずからはあの世に逝くとは、この世の儚《はかな》さをおもわずにはいられません」

住職のことばが、半四郎の心を重くする。

善人が報われぬ世の無情を、おもわずにはいられない。

平気で人を殺《あや》める下手人どもには、犯した罪の報いを受けさせずにはおかぬと、半四郎は決意をあらたにした。

八

翌日は師井健吾の動きを見張ったが、とりたてて妙な動きはみせなかった。というよりも、道場にすら顔を出さず、藩邸内の自邸に閉じこもっている様子で、ほとぼりが冷めるまでじっと息をひそめているのではないかと、半四郎は疑った。

そうしたなか、仙三がまた新しいはなしを聞きこんできた。

鮫島道場の師範代、鮫島右近のことだ。

「あの師範代、棒術の名人だそうです」

「何だって」

彦蔵や鵜吉の殺された手口が、鮮やかに浮かんできた。

「道場主の鮫島庄《しよう》右衛《え》門《もん》は痛風《つうふう》持ちらしく、竹刀《しない》を握ることもままならねえと聞きやした」

今や、甥の師範代で道場は命脈を保っている。それでも、門人が集まってくるのは道場主の名声によるものだという。

鮫島庄右衛門は、かつて加賀前田家の御手直《おてなお》しをつとめていた。御手直しとは世嗣《せいし》の剣術指南役で、短い期間であったが、唯心一刀流の秘技を授けるなどして、加賀侯から延寿国村《えんじゆくにむら》の長尺刀を下賜《かし》されたのだという。

その延寿国村は道場の正面に飾られ、燦然《さんぜん》と光彩を放っており、宝刀の威光にあやかるべく、門人たちが集まってくるらしい。

「まるで、火に入る夏の虫だな」

「仰るとおりで」

どれだけ数が集まっても、門人のなかで月謝を払う者は半数にも満たない。しかも、安い束脩《そくしゆう》だけで道場を維持するのは難しい。町の道場主ならば誰もが抱える悩みにほかならず、芝居興行のように後ろ盾《うしだて》となる金主を必要とした。

大きな道場は、黙っていても大身旗本や大名家が手を差しのべる。が、小さなところはそうもいかない。道場主はあらゆる手蔓《てづる》をたぐり、必死に後ろ盾を探さねばならなかった。

鮫島道場の後ろ盾は、おおかた、喜連川藩の重臣なのだろう。

もしかしたら、師井家なのかもしれない。

そう考えれば、師井健吾と鮫島右近の密接な関わりも炙《あぶ》りでてくる。

師井健吾率いる穀潰しどもは、腹に溜まった憤懣をぶちまけるべく、夜な夜な悪行を繰りかえしてきた。

それと知りながら、鮫島右近は黙認せざるを得なかった。

あるいは、手を貸すことすらあったのかもしれない。

門人にたいして範を示すべき師範代が、欲得ずくで悪行に加担していたとすれば、とうてい許すことはできない。

鶴吉を襲った覆面の侍も、荒れ地の決闘を見物していた編笠の侍も、風体物腰から推せば、鮫島右近の外見と重なる。

そればかりか、紅葉番屋の殺しについても、下手人である疑いは濃い。

棒術を得手とする者でなければ、ふたりの男の脳天を一撃で叩き割ることは難しいからだ。

ともあれ、真相に近づいているようだ。

半四郎は、高鳴る気持ちを抑えかねた。

「よし、鮫島のほうを見張ってやろう」

「へい」

張りこんだ二十六日の夕刻。

鮫島は道場のそばで辻駕籠《つじかご》を拾い、浅草《あさくさ》へ向かった。

橋場《はしば》の渡しから小舟に乗り、夕陽の残光をちりばめた大川を渡ったのだ。

向島の舟寄せに降り、まっすぐに向かったさきは、百花園《ひやっかえん》に近い料理茶屋であった。

貧乏人には縁のない料理茶屋で、茶漬け一杯が一両もする。

町道場の師範代にとっても、容易にあがることのできないところだが、鮫島は何食わぬ顔で敷居の向こうに消えていった。

「金主のお招きでやしょうかね」

「ああ、それしかなさそうだが、これだけの料理茶屋に招くとなりゃ、招くだけの理由がなくちゃならねえ」

「理由ってのは何です」

「さあな。まずは、宴に集まる顔ぶれを確かめてからだ」

四半刻（三十分）ほど経過し、薄闇の狭間からあらわれたのは、意外な人物だった。

「こいつは驚いた。旦那、渋木又兵衛でやすよ」

「ああ」

半四郎は、さほど驚きもしない。

そんなこともあろうかと、心の片隅ではおもっていた。

不浄役人が仲間なら、鬼に金棒である。

どのような悪行も、易々《やすやす》と揉み消してもらえる。

そうした甘えが高じて、番屋を襲うなどという前代未聞の発想が浮かんだのかもしれない。

師井か、鮫島か、あるいは渋木か、この際、誰が企てたかは問わずともよい。

渋木ならば、番屋の仕組みも熟知している。頼母子講の金がいくらあって、どこを狙えばよいのかもわかる。

悪党と悪党が手を組んで、とんでもない悪党になったのだ。

が、証拠はない。

道場の師範代と定町廻りが、向島の高級料理茶屋で、一杯一両の茶漬けを食っているだけのはなしだ。

さらに、半刻ほど経過し、三人目の人物が駕籠であらわれた。

絹の頭巾で顔をすっぽり覆っているので、正体はわからない。

師井健吾ではなかった。風体から推して、かなりの大物であることはまず、まちがいなかろう。

「金主ですぜ」

「そのようだな」

「どこのどいつでやしょうね」

確信はないが、あらかたの想像はつく。

宴席は戌ノ刻《いぬ つ》(午後八時)前には終わり、半四郎は偉そうに見える人物の乗った駕籠を跟けてみた。

渡し船で大川を渡った頭巾侍は、浅草の渡し場に別の駕籠を待たせており、駕籠が向かったさきは、予想どおり、喜連川藩の上屋敷にほかならなかった。

「親父が莫迦息子の尻拭いか」

みずからの想像を確実なものとするために、半四郎はその晩から南町奉行所の書庫に籠もった。渋木又兵衛の扱った案件を遡《さかのぼ》って精査すべく、裁許帳《さいきょちょう》や日誌を一枚一枚丹念に捲ったのだ。
翌日、二十七日の夕刻になって、一件だけ引っかかるものが出てきた。
「これだ」
半年前、千駄木の藪下で、ひとりの浪人が侍に斬殺された。
根津権現社で祭礼があり、香具師たちがそこに居合わせた。
無論、下手人である侍の顔を目にした者もあったはずだ。
にもかかわらず、証言する者はひとりもいなかった。
下手人は、まんまと逃亡してしまったのである。
浪人殺しは探索もおこなわれず、ほどなく永尋《ながたずね》となった。
永尋とは、これ以上の深追いはしないというお墨付きのようなものだ。
浪人の検屍にも立ちあい、日誌を付けたのは、渋木にほかならなかった。
永尋になった背景には、当然のごとく、渋木の意向がはたらいている。
「調べてみるか」
半四郎は、充血した眸子をしょぼつかせた。
半年前の出来事なら、まだおぼえている者もあろう。
ふと、おもいつき、とある人物を訪ねてみることにしたのである。

九

夕暮れの町は人々の喧噪を呑みこみ、やわらかな陽光に溶けていく。

ただ、吹きぬける風は冷たい。頬を切られるかのようで、おもわず、両掌を合わせて息を吹きつける。

半四郎は根津権現社の門前大路を鳥居に向かって進み、手前の横町を右に逸れた。

角の暗がりで震える子犬を拾い、壊れ物でも扱うように懐中に入れる。

「へへ、おめえは温石《おんじやく》代わりだ。育ててやるかどうかは、わからねえぜ」

「くうん」

白い子犬は悲しげに吠え、腹が空いたと訴える。

「ちょいと待ってな」

煮売りの露店で味噌汁をつくらせ、子犬に呑ませてやる。

腹のできた子犬は、懐中で次第に暖かくなっていった。

しばらくは裏道を進み、目当ての場所で足を止める。

見上げたさきには、太鼓暖簾《たいこのれん》がはためいていた。

表口には、半端者や用心棒らしき浪人たちが屯《たむろ》している。

半四郎は表情も変えずに近づき、見世の敷居をまたいだ。

若い衆が一斉に振りむき、敵意を込めた眼差しを向ける。

「甚五郎はいるか」

半四郎は凛然《りんぜん》と発し、十手の朱房を握りしめた。

奥のほうから、鰹縞の褞袍を羽織った男が顔を出す。

香具師の元締め、甚五郎であった。

「おや、八丁堀の旦那。どうかなされやしたかい」

「ああ。おめえに、ちと聞きてえことがあってな」

「鴉の餌になった野郎のことなら、渋木の旦那に包み隠さず申しあげやしたぜ」

「鵜吉の件じゃねえ。半年前の浪人殺しだ」

「え」

甚五郎は、不意をつかれた梟《ふくろう》のような顔をした。

おそらく、裏事情を知っているのだろう。

若い衆は身構え、殺気が一気に膨らむ。

と、そのとき。

白い子犬が、ひょっこり顔を出した。

「くうん」

可愛げに、吠えてみせる。

緊張の糸が弛み、甚五郎でさえ眉をさげた。

「その子犬、拾ったんですかい」

「ああ。四つ辻で震えていやがったのよ」

「いただけやせんかね」

「かまわねえよ。ほら」

手渡してやると、甚五郎は嬉しげに子犬の頭を撫でる。

「鬼より恐《こえ》え元締めが犬好きとはな」

「へへ、あっしは人を信用しねえ男でね。無垢《むく》な子犬だけが、あっしの疲れた心を和《なご》ませてくれるんですよ」

「糞の始末だけは、ちゃんとやるんだな」

「そりゃもう、犬を飼う者の心得でやすからね。それで、浪人殺しが何だって仰るんです」

「浪人を斬った相手の素姓が知りてえのさ。そこに雁首《がんくび》を並べている阿呆どものなかにも、人相風体をみた者があったはずだぜ」

「そういったことなら、渋木の旦那に聞いてほしいな。あっしは、そちらさんとは馴染みじゃねえ。正直、名さえ存じあげねえんだ」

「八尾半四郎だよ」

「ほう。旦那が噂の八尾半四郎さまで」

「ああ、そうだ」

「南町奉行所でも、一、二を争う剣の達人とうかがっておりやすぜ。それに、袖の下を受けとらねえ変わったお役人だとも。旦那、そいつは冗談なんでしょう」

「さあ、どうかな」

「へへ、きれいごとだけじゃ、世の中渡っていけやせんぜ。あっしにものをお尋ねになりてえんなら、昵懇《じっこん》になってからのことだ」

半四郎は、ぎろっと眸子を剝く。

「甚五郎、おれを舐めてんのか」

「とんでもねえ。旦那と仲良くなりてえだけですよ」

「おれは渋木又兵衛とちがう。まどろっこしいことが嫌《きれ》えでな」

「ほう。それなら、帰《けえ》っていただくしかねえな」

「そうはいかねえんだよ。ふえい……っ」

半四郎は凄まじい気合いを発し、大刀を抜きはなつ。

驚いた子犬が飛びおり、敷居の向こうへ逃げていった。

白刃の先端は、甚五郎の鼻先でぴたりと静止している。

身構えた若い衆は、ごくっと唾を呑みこんだ。

半四郎は仁王《におう》のように動かず、瞬《まばた》きひとつしない。

「ひぇっ」

無言の重圧に耐えかね、甚五郎は声を震わせた。

「言う……言うから、堪忍してくれ」

それでも、半四郎は白刃を外さない。

五体から、怒りの炎を放っている。

「浪人を斬った侍の名は……も、師井茂直《しげなお》だ」

すっと、白刃が引っこんだ。

甚五郎は、板の間にへたれこむ。

納刀しながら、半四郎は問うた。

「師井茂直ってのは、師井健吾の父親か」

「兄貴のほうです。師井家の跡取りで、番方《ばんかた》の組頭をつとめていなさるとか」

父親は師井大膳《だいぜん》といい、喜連川藩の目付に任じられているらしい。

ともあれ、浪人殺しの下手人はわかった。

穀潰しの次男坊ではなく、師井家の歴《れっき》とした世嗣にほかならなかった。

斬った理由は、肩がぶつかったとかどうとか、くだらないことのようだ。どちらに非があろうとも、殺しは殺し、侍を斬ったことが表沙汰になれば厳罰は免れない。無論、師井大膳も立場が危うくなる。したがって、どうあっても揉み消す必要があった。

おそらく、渋木又兵衛が揉み消し役を買ってでたのだろう。

甚五郎に箝口令《かんこうれい》を敷かせ、師井茂直を見逃すことで恩を売ったのだ。

それなりの報酬《ほうしゅう》を得たはずだと、半四郎は推察した。

今も密接な関わりを保っているとすれば、向島の料理茶屋で目にした頭巾侍は師井大膳だったにちがいない。

褞袍を羽織った甚五郎が、猫背で擦りよってきた。

「旦那、聞かなかったことにしてくだせえよ」

紫の袱紗に包んだものを、慣れた手つきで袖にねじこんでくる。

半四郎は、にっと笑った。

「甚五郎、いくらある」

「そいつを聞くのは野暮ですぜ」

「いいから、言ってみろ」

「十両きっかりでやすよ」

「ほほう、たいそうなこった」

「どうぞ、お納めを」

「ふん、そういうわけにゃいかねえ」

半四郎は重くなった袖をちぎり、力いっぱい土間に叩きつけた。

黄金の小判が四方に弾け飛び、小気味よい音をたてる。

若い衆は、口をぽかんと開けていた。

「甚五郎、おれはな、盗人のようなまねはしたくねえんだ。十両盗んだら、首が飛んじまうしな。へへ、あばよ」

半四郎はくるっと背を向け、大股で外へ出る。

「わん」

さきほどの子犬が、嬉しそうに吠えた。

ひょいと拾い、懐中に入れる。

「温石代わりだ」

半四郎はつぶやくと、何事もなかったように歩きだした。

十

休昌寺の墓地には無縁仏の墓がある。

行き倒れや身寄りのない遊女、凶事や災害に巻きこまれた者、名も無き者たちとともに、彦蔵も眠っている。

「知りあいがこの墓に入《へえ》っている。向こうに逝ったら、そいつらと呑みあかしてえ」

と、彦蔵は娘のおみよに遺言《ゆいごん》していた。

「ふん、とっつぁんらしいぜ」

半四郎は石蕗《つわぶき》の花を手向《たむ》け、静かに両手を合わせる。

「待たせたな。とっつぁんを殺めたやつらが、やっとわかったぜ。まっとうなやり方じゃ裁けねえ。けどな、安心してくれ。この手で仇はきっと討ってやる。約束するぜ。だから、安心して眠ってくれ」

胸の裡でつぶやくと、背後に人の気配が近づいた。

振りむけば、頬の瘦《こ》けた職人が立っている。

「勘助か」

彦蔵に追いだされたおみよの亭主だ。

手向けの花束を抱えている。

「八尾の旦那、いらしてくださったんですかい」

「ああ。おめえも来るころだとおもっていたぜ」

「え」

「初七日が終わるまでは、遠慮があったんじゃねえのか」

「仰るとおりで。おいら、おとっつぁんに嫌われておりやしたから。墓参りに来られた立ち場じゃねえんですが、せめてひとこと謝りてえと」

「そうかい。だがな、おめえは勘違いしているぜ」

「勘違い」

「ああ。とっつぁんは、おめえを心《しん》から好いていた。ただ、性根を入れかえてほしかっただけさ」

「んなわけはねえ」

「そうなんだよ。とっつぁんはな、おめえを許す気だったんだぜ」

「ほんとうですかい」

「まちげえねえ。おれにははっきりそう言った。約束したんだよ」

「そうとも知らずに、おいらは……くそっ」

勘助は墓前に蹲《うずくま》り、肩を震わせる。

石蕗の花が風に吹かれ、頷くように揺れた。

まるで、彦蔵が語りかけているようだ。

半四郎は、勘助の肩に手を置いた。

「そのぐれえにしとけ。もう、泣くんじゃねえ」

「へ、へい」

「おみよのところへは、顔を出したのか」

「いいえ」

「戻りてえんだろう」

「そりゃもう……でも、どの面さげて帰《けえ》ればいいので」

「ふつうの面で帰ってやんな。おみよはな、首を長くして待っているぜ。今は悲しみのどん底にいる。慰めてやれるのは、おめえしかいねえ」

「旦那」

勘助はまた、おいおいと泣きはじめる。

「泣くんじゃねえ。いいか、勘助。とっつぁんの墓参りを済ませたら、おみよのもとへ帰るんだぜ」

「へい」

半四郎は頷き、無縁仏の墓に背を向けた。

もはや、迷いはない。

行き先はきまっている。

十一

夜はまだ浅い。

色街の灯が妖しげに誘いかけてくる。

師井健吾と仲間たちは、久しぶりに羽目《はめ》を外していた。

ところは不忍池の周辺でも、根津の界隈でもない。

大川を渡ったさきの深川であった。

仲町《なかちょう》の一の鳥居のそばに、楼閣《ろうかく》風の茶屋がある。

茶屋の表口で、仙三が寒そうに待っていた。

「あ、旦那」

「おう、どうでえ。阿呆どもは集まっているか」

「へい。地縁がねえせいか、羽を伸ばしておりやす」

「よし。打ちあわせどおり、うまくやってくれ」

「合点承知」

茶屋の内へ吸いこまれる仙三を見送り、半四郎は油堀のほうへ足を向け、木橋をふたつほど渡って法乗院《ほうじょういん》の深川閻魔堂《えんまどう》までやってきた。

日が落ちれば淋しいところで、参道に人影もない。

閻魔堂に忍びこみ、窓の隙間から石燈籠《いしどうろう》を睨みつける。

近づいてくる者は、どうにか判別できそうだ。

御堂に隠れ、四半刻ほど経った。

提灯の炎がぽっと浮かび、ふたつの人影がやってくる。

提灯を持った仙三に従うのは、師井健吾にほかならない。

「師井さま、あちらでごぜえやす」

「閻魔堂ではないか」

「へへ、どうなされやした。恐《こえ》えんですかい」

「ふはは、莫迦を言うな。この世に恐いものなどないわ。それより、不浄役人はあの御堂におるのか」

「おられやすよ。ただし、顔を晒したくねえそうで。何しろ、どこで誰がみているかもわからねえ。おふたりの関わりが世間に知れたら、まずいことになりやしょう」

「まあな」

健吾は慎重な足取りで、御堂に近づいてくる。

仙三が背後から声を掛けた。

「師井さま、窓のそばへ」

「ん、そこか」

「もそっと、そばに」

「こうか」

窓の隙間から、ぬっと腕が伸びてきた。

八つ手のような掌が、健吾の首を掴む。

「ぬぐ……く、苦しい」

手の力は緩んだが、首は摑まれたままだ。

窓の向こうは暗く、腕の主はみえない。

暗さを息苦しさのせいで、健吾は自分が騙《だま》されていることに気づけぬはずだ。

低い声だけが響いてきた。

「若僧、つぎの狙いがきまったぞ」

八つ手のような掌が開き、解放された途端、健吾は激しく咳きこんだ。

両手で膝を抱え、胃袋の中味を吐瀉《としゃ》しつづける。

黄色い汁まで吐きつくし、健吾は涙目になった。

「落ちついたか」

「……あ、ああ」

「呑みすぎは禁物だぞ」

半四郎は渋木の声色をまねて言い、口調もやわらかいものに変えた。

健吾が叫ぶ。

「うるさい。おぬしなんぞに説教されたかあないわ。狙うさきを教えろ」

「築地の寒《さむ》さ橋《ばし》だ」

「寒さ橋の番屋を襲うのか」

「ふふ。地縁がねえほうが、やりやすいだろう」

「まあな」

半四郎は勿体《もったい》ぶったように、こほんと空咳を放つ。

「頼母子講の預かり金がな、紅葉番屋の倍はあるぞ」

「ほう、四十両か」

と、健吾は即座に応じてみせた。

半四郎は、暗がりで眉をひそめる。

おもったとおり、悪党は易々とはなしに乗ってきた。

こちらの正体を毛ほども疑っていない。

「得物はどっちでやる。六角棒か、それとも刀か」

「どっちがいい」

「選ばせてもらえるのか」

「ああ」

「それなら、刀だ。おれさまがやる。無性に誰かを斬りたい気分でな。六角棒を使うとなれば、こっちの出る幕はない」

半四郎はすかさず、探りを入れた。

「おめえだって、棒は使えるんだろう」

「いいや。あれは師範代にしか使えぬ。棒は存外に難しい。一撃で仕留めるには熟練を要する」

「なるほど」

棒を使って凶事におよんだのは、やはり、鮫島右近であった。

半四郎は沸々《ふつふつ》と煮えたぎる怒りを抑え、声だけは平静を装う。

「おめえ、湯島の番屋で何人斬った」

「ふたりだよ。忘れたのか。紅葉番屋も任せてほしいと頼んだが、おぬしはうんと言わなかった。やり口を変えたほうがいいと、訳知り顔で諭《さと》したではないか」

「ああ、そうだったな」

返事をしながら、渋木への殺意を募らせた。

「で、寒さ橋はいつやる」

「明晩、子ノ刻」

前のめりな健吾をあしらうように応じ、闇の声はぷっつり途切れた。

「おい、どうした」

健吾が不安げな声を漏らす。

すると、ぎっと、御堂の扉が開いた。

薄闇にあらわれたのは、六尺豊かな同心だ。

みたこともない男の登場に、健吾は目を丸くした。

「お、おぬしは誰だ」

「八尾半四郎。渋木又兵衛と同じ定町廻りだよ」

「ど、どういうことだ」

「わからねえのか。渋木のふりをして、おめえを塡めたのさ」

「げっ」

「莫迦な野郎だぜ。まんまと乗せられて、自分のやった悪行をあらかた白状しやがった。鮫島右近や渋木との関わりも、予想していたとおりだったぜ」

「くそっ」

健吾は腰を落とし、刀の柄に手を掛ける。

半四郎は、素早く身を寄せた。

健吾の手首を鷲摑みにし、がつっと頭突きを喰らわせる。

「うっ」

相手が昏倒しかけたところで、すかさず、脇差を奪いとった。

「おめえは、死んだほうがいい」

押し殺した声で言い、腹に脇差の先端を突きたてる。

「ぬぐ……ぐぐ」

ねじこむように、刺しつらぬいた。

師井健吾は眸子《みは》を瞠り、両膝を地に落とす。

俯せになって脇差の柄を握り、小刻みにからだを震わせた。

やがて、震えは収まり、動かなくなる。

「莫迦たれが」

半四郎は数々の罪状をしたためた口書を割竹の先端に挟み、ぐさっと地べたに突きさした。

「おめえにゃ関わりはねえが、半年前の浪人殺しも記しといてやったぜ」

弟が兄の犯した殺しの罪を告発するといった体裁を借りて記したが、真に迫った内容だけに、世間に知れれば、父と兄も無事では済むまい。

「箸にも棒にも掛からねえ莫迦息子を野放しにした報いだ。ふん、自業自得というものさ」

半四郎は悪態を吐き、閻魔堂をあとにする。

つぎに向かうべきところは、きまっていた。
――今宵子ノ刻、築地寒さ橋番屋。
襲うさきが銘記された文を、鮫島道場に届けておいたのだ。
鮫島右近はかならず、押っ取り刀でやってくる。
なにせ、のどから手が出るほど金が欲しいのだ。
六角棒は打ち出の小槌、ひと振りで何十両もの金が手に入る。
それがわかっているだけに、誘いに乗らないはずはない。
金の魔力は、警戒する気持ちを麻痺《まひ》させる。
油断は勝機を生むと、半四郎はおもった。

十二

――来い。早く来い。
と念じながら、半四郎は両手を手焙《てあぶり》に翳《かざ》し、じっと待ちつづけた。
鰹縞の縕袍を頭から被り、表口に背を向けて座っている。
一見すると、店番にしかみえない。
賊があらわれたら、眠ったふりをするつもりだった。

が、さきほどから、ほんとうの眠気に襲われている。

ここ数日、まともに眠っていなかったせいだ。

みずからの生死が懸かっているというのに、強烈な眠気に抗すべくもない。

「莫迦だな、おれは」

眠ろうとするたびに、火箸の先端を摑み、低く唸った。

そうしている自分が、滑稽《こっけい》におもわれて仕方ない。

「仙三、頼むぞ」

賊が近づいたときは、外の暗がりに潜む仙三が合図を送ってくれるはずだ。

無論、番屋の内にいるのは半四郎ただひとり、本物の家主や店番は対面《トイメン》の木戸番小屋に避難してもらった。

理由を告げてもいないので、のんびりと構えている。

それを証拠に、美味《うま》そうな味噌汁の匂いがこちらまで漂ってきた。

夕餉の残りを温めなおし、飯にでもぶっかけて食べるつもりなのだろう。

彦蔵が無残な殺され方をしてからというもの、八丁堀の組屋敷へまともに帰宅した記憶がない。母親のつくった食事をとったおぼえがなかった。

菜美の悲しげな顔が浮かんでくる。

姑《しゅうとめ》になるであろう絹代とふたり、面と向かって冷たい味噌汁を呑んでいるのかもしれない。

この一件が無事に落着したら、三人で祝言の日取りを決めようと、半四郎はおもった。

無論、命があればのはなしだ。

眠ったような月が、かぼそい光を投げかけている。

すでに、子ノ刻は過ぎた。

師井健吾はあらわれずとも、鮫島右近はひとりで始末をつけようとするだろう。

うまくやれば、盗んだ金を独り占めできるからだ。

またもや、強烈な眠気が襲ってくる。

半四郎は半睡の眸子で、火箸の先端をぎゅっと握った。

「ぬうっ」

刹那《せつな》、礫《つぶて》が表の腰高障子を破り、土間に転がってくる。

仙三の合図である。

「来やがった」

半四郎は片眉をぴくっと吊り、身じろぎもしない。
番屋の外に人の気配が立った。
すっと障子戸が開き、賊が踏みこんでくる。
じゃりっと、玉砂利が音をたてた。
「誰だい」
半四郎は背を向けたまま、間の抜けた声を掛けてやる。
「ふおっ」
突如、殺気が膨らんだ。
ひょろ長い人影が衝立を蹴倒し、躍りかかってくる。
鼻と口を手拭いで覆っているが、鮫島右近にちがいない。
手にした得物は樫の六角棒、先端は鉄板で巻かれていた。
――ぶん。
六角棒が、唸りあげる。
と同時に、半四郎は振りむいた。
「ん」
鮫島は異変に気づいたが、六角棒は勢いを止めない。

——がしっ。
脳天に落ちた。
と、おもいきや、棒は勢いよく弾かれた。
半四郎の頭には、鉄鍋《てつなべ》が翳されている。
「ぬおっ」
鮫島は不意を衝かれ、たたらを踏んだ。
前のめりになった顎のしたに、半四郎の右手が伸びる。
「ふぇっ」
鮫島が白目を剝いた。
手拭いが解け、開いた口から血のかたまりが飛びだす。
半四郎の右手には、火箸が握られていた。
炎を纏った先端は顎に刺さり、首の後ろから突きでている。
鮫島はそのまま、手焙のなかへ顔を突っこんだ。
狭い部屋のなかに、濛々と灰が舞いあがる。
「げほげほ、ぐえほっ」
半四郎は咳きこみながら、土間に飛びおりた。

畳を血で穢《けが》してしまったが、仕方あるまい。

何はともあれ、彦蔵の仇は討った。

「旦那、やりやしたね」

仙三が表口から顔を覗かせる。

「糞野郎め、ざまあねえぜ」

半四郎は、憮然《ぶぜん》として吐きすてた。

が、まだ、終わったわけではない。

常世《とこよ》へおくる糞野郎は、もうひとりいる。

十三

黒羽織に付いた返り血は、師井健吾のものだ。

半四郎は月影に身を晒し、ことさらゆっくり歩をすすめた。

ここは八丁堀、地蔵橋を渡った向こうには同心長屋がある。

丑三《うしみ》つ刻《どき》だというのに、橋向こうから人影がひとつやってきた。

半四郎と同じ小銀杏髷に黒羽織、ゆっくりとした歩調までこちらに合わせているかのようだ。

「勘のいい野郎だぜ」

渋木又兵衛であった。

何らかの異変を察したのだろう。

ほかに人影はなく、火の用心の拍子木《ひょうしぎ》すら聞こえてこない。

深い静寂のなかで、川音だけが低声《こごえ》で囁きかけてくる。

渋木は足を止め、白々しく問うてきた。

「八尾、今時分まで、どこで油を売っておったのだ」

「そっちこそ、おれを待ちくたびれたような顔だな」

「師井の若僧を殺ったのか」

「ああ。ついでに、師範代もな」

「何だと」

「寒さ橋の番屋に誘ったのよ。鮫島右近のやつ、端金《はしたがね》に釣られて、のこのこ来やがったぜ。仰々《ぎようぎよう》しく、六角棒を担いでなあ」

「不意打ちを喰らわしてやったわけか」

「まともにやったら、こっちも無事じゃすまねえ。そうおもったわけさ」

「見掛けによらず、利口だな。でもよ、どうして殺っちまったんだ。十手持ちなら、捕まえるのが常道だろうが」

「てめえなんぞに言われたかねえ」

ふんと、半四郎は鼻を鳴らす。

渋木は、ゆっくり近づいてきた。

「ふたりを殺ったな、彦蔵の恨みを晴らすためか。八尾、おめえは情にもろい。そいつが弱点だ。世の中、きれいごとだけじゃ生きていけねえぜ。どうでえ、おれと組まねえか。おれとおめえが組んだら、この世に恐いものなんぞありゃしねえ」

「けっ、ほざいてろ」

半四郎は横を向き、ぺっと唾を吐く。

「ふふ、そうやって、おめえはすぐに熱くなる。おかげで、墓穴を掘ってくれた」

「どういうことだ」

「せめて、若僧だけでも生かしときゃよかったな。拷問蔵でちょいと責めてやりゃ、おれのやったことを洗いざらいぶちまけたかもしれねえぜ」

「残念だが、おめえを白洲《しらす》に突きだすつもりはねえんだよ」

「ほほう、ここで決着をつける気か。そこが、おめえの甘《あめ》えところだ」

渋木は居合の要領で、何気なく大刀を抜きはなった。

「おめえを斬れば、おれさまは安泰だ。ここはひとつ、死んでもらうぜ」

「死ぬのは、そっちだ」

半四郎も大刀を抜き、右八相に高く構える。

「八尾、おれが神道無念流の免状持ちだってのは知っているな」

「ああ」

「力量は、おめえより数段上だとおもうぜ」

「さあて、そいつはどうかな」

「験《ため》してみな」

渋木は、素早い足運びで間合いを詰めた。

「はりょ……っ」

やにわに、突きを浴びせてくる。

上段の突きだ。

半四郎は胸を反らし、どうにか避けた。

避けながら薙《な》ぎあげ、返しの一撃を見舞う。

「おっと、危ねえ」
渋木はぱっと離れ、先端をやや下げた青眼に構えなおす。
半四郎も体勢を立てなおし、相青眼に構えた。
ふたつの白刃が月影を反射させ、蒼白く光っている。
たがいに手強いと察したのか、安易には仕掛けない。
じりじりとした刻が過ぎた。
冷たい川風に晒されているというのに、半四郎の額には汗が滲《にじ》んでいる。
つぎの一撃で、勝敗を決めねばならぬ。
渋木も、そうおもっているはずだ。
——とっつぁん。力を貸してくれ。
天の彦蔵に呼びかけると、胸の裡に力が宿ってきた。
「ぬお……っ」
五体に漲《みなぎ》る力を発散するかのように、半四郎は打ってでた。
「小癪《こしゃく》な。やあ……っ」
渋木は突くとみせかけ、上段に振りかぶる。
わずかに、半四郎の対応が遅れた。

間髪を容れず、片手持ちの袈裟懸《けさが》けを浴びる。

「うぐっ」

鋭い痛みとともに、両腕が痺れた。

あきらかに、肉を斬られている。

しかし、骨までは届いていない。

滲みでた血の量から推せば、たいした傷ではあるまい。

が、咄嗟《とっさ》に、半四郎は片膝をついた。

深手《ふかで》を負ったと、相手におもわせたのだ。

「死ねい」

渋木は上段から、一直線に斬りさげてくる。

一瞬早く、白刃が突きあげられた。

橋の底板から墓標のように立ちあがった白刃が、渋木の白いのどぼとけに突きさささる。

「ひぇ……っ」

断末魔《だんまつま》の叫びとともに、血が噴きだした。

凄まじい返り血が、雨霰《あめあられ》と降りそそぐ。

蛇《じゃ》の目傘《めがさ》が欲しいと、半四郎はおもった。
悪事を重ねた定町廻りは、仰向けにのけぞり倒れていった。
橋板の隙間から大量の血が流れ、川面を黒く染める。
水に浮かんだ月も曇り、すべてが闇に包まれてしまう。
半四郎は川縁に降り、褌《ふんどし》一丁になった。
凍えるような川に頭まで浸かり、返り血を洗いながす。
いっこうに、寒さを感じなかった。
火照《ほて》ったからだから、濛々と湯気が立ちのぼっている。
裂かれた胸の傷口からは、拭いても拭いても血が溢《あふ》れてきた。
刀傷の痛みよりも、心に負った傷のほうが疼いて仕方がない。
――いけねえよ。どうして、仲間を殺っちまったんだ。
彦蔵もあの世で叱っている。
だが、一片の悔いもない。
半四郎は黒羽織を細く裂き、傷口をきつく縛りつけた。

十四

半月後。

霜月は子《ね》ノ月、ねずみに縁のある根津権現社では毎日のように祭事が催される。

冬至《とうじ》の今日は、わが子の健《すこ》やかな成長を願う七五三でもあり、着飾った幼子たちが双親に手を引かれ、あるいは肩車などしてもらい、参道を嬉しそうに行き交っていた。

半四郎は胸に子犬を抱き、露店をひやかしている。

「しろ。短《みじけ》えあいだに、ずいぶん肥えたんじゃねえのか」

「わん」

「おっと、返事をしやがった。いいか、贅沢をおぼえちゃいけねえぞ。贅沢をおぼえたら、感謝の念を忘れちまう。そうなったら、人も犬も仕舞《しめ》えだ。気を抜いたら、また捨てられちまうぜ」

子犬を抱いた同心のすがたは、端から眺めても和やかにみえる。

知らない者も親しげに挨拶していくので、わるい気分ではない。

半四郎は、野菜売りの露店までやってきた。

——福来《ふくらい》十一文。

という値札の付いた野菜は、縁起物の二股大根だ。

みるともなしに眺めていると、後ろから女の声が掛かった。

「旦那、八尾の旦那」

振りむけば、おみよと勘助が立っている。

ふたりに両手を繋がれた勘太郎は、鬱金色《うこんいろ》の袴を着けていた。

「ほう、立派なもんじゃねえか」

「損料屋《そんりょうや》でお借りしたんですよ。家で鬱《ふさ》ぎこんでいても埒《らち》があきませんので」

「いい心懸けだ。とっつぁんも、孫の晴れ姿を楽しみにしていたからな」

「ええ、そうでした」

おみよは漏らしたそばから、泣き顔になる。

「しんみりするんじゃねえ。今日は雲ひとつねえ冬日和《ふゆびより》だぜ」

「はい」

おみよは涙を拭き、にっこり笑う。

「それにしても、安心したぜ。三人とも元気そうじゃねえか」

「ありがとう存じます」

双親が頭をさげると、勘太郎もぺこりと頭をさげた。

「躾《しつけ》がいいな。坊主、これで千歳飴《ちとせあめ》でも買ってもらえ」

半四郎は腰を屈め、小さな手に小銭を握らせてやる。

「おっちゃん、ありがとう」

勘太郎は嬉しそうにいい、おみよにたしなめられた。

「こら、おっちゃんなんて、気安く呼ぶんじゃないよ」

「かまわねえさ。いいってことよ」

勘太郎が、もじもじしながら身を寄せてくる。

「おっちゃん」

「おう、どうした」

「その子犬、拾ったのかい」

「ああ。名はしろってんだ。みたまんまだがな」

「しろか。可愛いね」

勘太郎はしろの頭を撫で、離れようとしない。

「坊主、欲しいのか」

「うん、いいのかい」

「ああ。ただし、ひとりで面倒をみられるようになってからだ」

「ほんとう」

「嘘じゃねえ。それまでは預かっといてやる」

「ありがとう、おっちゃん」

「権現さんで祝ってもらったら、休昌寺の無縁仏を拝みにいくんだぜ」

「うん、じっちゃんにしろのこと、教えてやるよ」

勘太郎は、満面の笑みで応えてみせる。

と、そこへ。

菜美が〝福来〟を抱えて戻ってきた。

「あら」

おみよが、くすっと笑う。

「旦那、お邪魔でしたね」

「ん、なあに。気をつかうことはねえ」

半四郎は頭を掻き、菜美は恥ずかしそうに顔を赤らめる。

おみよと勘助は、深々とお辞儀をしてみせた。

「それでは、失礼いたします」

半四郎と菜美は肩を並べ、親子三人の後ろ姿を見送った。

鳥居の向こうには、澄みわたった青い空が広がっている。

「菜美、味噌汁が呑みてえな。そいつを千六本にしてくれ」

半四郎は、こともなげに言った。

「はい、かしこまりました」

菜美は嬉しそうに応じ、真っ白な歯をみせる。

「わん」

ふたりの門出を祝うかのように、しろが元気よく吠えた。

※本書は２００９年11月に小社より刊行された作品に
加筆修正を加えた「新装版」です。

双葉文庫

さ-26-44

照《て》れ降《ふ》れ長屋風聞帖《ながやふうぶんちょう》【十三】
福来《ふくらい》〈新装版《しんそうばん》〉

2021年6月13日　第1刷発行

【著者】
坂岡真《さかおかしん》

【発行者】
箕浦克史
【発行所】
株式会社双葉社
〒162-8540 東京都新宿区東五軒町3番28号
［電話］03-5261-4818(営業)　03-5261-4833(編集)
www.futabasha.co.jp(双葉社の書籍・コミックが買えます)
【印刷所】
中央精版印刷株式会社
【製本所】
中央精版印刷株式会社

【フォーマット・デザイン】
日下潤一

ISBN978-4-575-67057-8 C0193
Printed in Japan

坂岡真
照れ降れ長屋風聞帖【一】
大江戸人情小太刀
長編時代小説
長屋で仲人稼業のおまつの尻に敷かれる浅間三左衛門。しかしこの男、滅法強い！　江戸の粋と人生の機微が詰まった名作、待望の新装版。

坂岡真
照れ降れ長屋風聞帖【二】
残情十日の菊
長編時代小説
居合の達人と洗濯女の仲を取り持った浅間三左衛門。だが契りを結んだ後、男は姿を消した。行方を追う三左衛門は男の苛烈な運命を知る。

坂岡真
照れ降れ長屋風聞帖【三】
遠雷雨燕《えんらいあまつばめ》
長編時代小説
狙いは天下の越後屋——凶賊雨燕が再び蠢き出す。一方の越後屋にも言うに言えぬ秘密があった。三左衛門の人情小太刀が江戸の悪を撃つ！

坂岡真
照れ降れ長屋風聞帖【四】
富の突留札《つきどめふだ》
長編時代小説
突留百五十両を当てたおまつら女四人が賊に襲われた。庶民のささやかな夢を踏みにじる卑劣なカラクリを三左衛門の人情小太刀が斬る!!

坂岡真
照れ降れ長屋風聞帖【五】
あやめ河岸《がし》
長編時代小説
殺された魚問屋の主の財布から、別人宛ての遊女の起請文が見つかった。痴情のもつれを装って闇に蠢く巨悪を、同心の半四郎が追う!!

坂岡真
照れ降れ長屋風聞帖【六】
子授け銀杏《いちょう》
長編時代小説
照降長屋に越してきた剽軽な侍、頼母が身請け話の持ち上がっている芸者に惚れた。三左衛門らは一肌脱ぐが、悲劇が頼母を襲う。

坂岡真
照れ降れ長屋風聞帖【七】
仇《あ》だ桜《ざくら》
長編時代小説
幕臣殺しの下手人として浮上した用心棒は、三左衛門を兄の仇と狙う弓削冬馬だった!!　満開の桜の下、ついに両者は剣を交える。

坂岡真
照れ降れ長屋風聞帖【八】
濁《にご》り鮒《ぶな》
長編時代小説

齢四十を超えて初の我が子誕生を待ちわびる三左衛門に、空前の出水が襲いかかる!! 愛するおまつと腹の子を守り抜くことができるか。

坂岡真
照れ降れ長屋風聞帖【九】
雪見舟
長編時代小説

一本気な美剣士、天童虎之介と交誼を結んだ浅間三左衛門は会津藩の命運を左右する巨悪に共に立ち向かう。やがて涙の大一番を迎え――!

坂岡真
照れ降れ長屋風聞帖【十】
散り牡丹《ぼたん》
長編時代小説

兇状持ちを追う隠密の雪乃は、浪人どもに絡まれたお忍び中の殿様を助け、一目惚れされる。探索のため殿様に近づく雪乃だったが――。

坂岡真
照れ降れ長屋風聞帖【十一】
盗賊かもめ
長編時代小説

幼子を人さらいから救った天童虎之介は父親の仏具商清兵衛と懇意になる。だが清兵衛には裏の顔が――。やがて神田祭りで異変が起こる!!

坂岡真
照れ降れ長屋風聞帖【十二】
初鯨《はつくじら》
長編時代小説

雛人形を抱く屍骸をみつけた三左衛門は、やがて御三家に通じる巨大な陰謀に巻き込まれていく。悪と戦う男たちの秘めた熱き信念とは――。

坂岡真
はぐれ又兵衛例繰控《れいくりびかえ》【二】
鯖断《さばだ》ち
長編時代小説
〈書き下ろし〉

長元坊に老婆殺しの疑いが掛かった。南町の協力を得られぬなか、窮地の友を救うべく奔走する又兵衛のまえに、大きな壁が立ちはだかる。

坂岡真
はぐれ又兵衛例繰控《れいくりびかえ》【三】
目白鮫《めじろざめ》
長編時代小説
〈書き下ろし〉

前夫との再会を機に姿を消した妻静香。捕縛した盗賊の疑惑の牢破り。すべての因縁に決着をつけるべく、又兵衛が決死の闘いに挑む。

双葉文庫